그들은 어떻게 스스로 미래를 바꾸었는가

SECOND LIFE

인생을 두 번 사는 사람들

인생의 새로운 시작을 준비하는

_____ 님

당신의 용기를 응원합니다.

Prologue

그들은 어떻게 스스로 미래를 바꾸었는가
화려한 1막을 뒤로하고 자신의 꿈을 찾아
인생 2막을 사는 법

"우리는 영원히 늙지 않는 청춘입니다."
"내 꿈은 언제나 현재진행형이죠."
"과감하게 도전하세요.
오늘은 당신의 인생에서 가장 젊은 날이니까요."

흔히들 도전은 청춘의 전유물로 생각합니다. 나이가 들어 갈수록 지금껏 익숙하게 살아온 삶을 바꾸는 일에는 단순히 '결심' 하나만 필요한 게 아니기 때문이죠. 평생을 일구어 놓은 터전을 과감하게 내려놓고 낯선 길을 선택하는 일. 누군가는 대책 없는 짓이라고 혀를 찰지라도, 누군가는 무모하고 위험한 도박과 다름없다고 할지라도, 누군가는 이도저도 아닌 채로 돌이킬 수 없어지면 어떡하냐고 걱정만 할지라도… 용기 있는 누군가는 그 일을 해냅니다. 철저한 준비 끝에, 자신을 믿고 인생의 새로운 문을 힘차게 여는, 그 일을 해냅니다. 스스로의 의지와 강단으로 쟁취한 새로운 삶을 마음껏 누리는 사람들. 그들은 오늘도 힘찬 날갯짓으로 인생 2막을 비상하고 있습니다.

120여 나라에 약 3만 개의 가맹점을 갖고 있는 세계적인 치킨 체인점 KFC의 창업자, 할랜드 샌더스를 알고 계시나요? 흰색 양복을 입은 할아버지로 우리에게 익히 알려진 샌더스 경은 머리와 수염이 하얗게 센 노인이 되어서야 KFC 치킨으로 인생 첫 성공을 거둘 수 있었습니다. 운영하던 사업이 줄줄이 실패한 채로 60대에 접어든 샌더스 경은 자신이 개발한 치킨 조리법을 후원해 줄 사람을 찾으려 여기저기 문을 두드렸습니다. 그가 거부 당한 횟수는 무려 1,008번입니다. 1,009번째 도전에서 마침내 후원자를 찾아 치킨 프랜차이즈를 시작한 샌더스 경의 놀라운 일화로부터 우리는 '실패는 있어도 포기는 없다.'는 말을 다시금 되새길 수 있습니다.

이 책을 펼쳐든 당신이 삶 속에서 방황하고 있다면 지금이 바로 온전한 '나'를 만날 때라는 걸 명심하세요. 굳은 땅에 뿌리가 단단히 박혀있던 식물을 뽑으려면 이리저리 흔들어야 하듯, 병아리가 알을 깨고 나오려면 몸부림쳐야 하듯, 당신은 고착되고 가둬졌던 곳으로부터 벗어나 더 큰 곳으로 가기 위해 잠시 흔들리고 있을 뿐입니다.

누구에게나 자신의 삶을 온전히 바라보고, 더 나은 삶을 스스로 창조할 수 있는 내면의 힘이 있습니다. 미래의 어느 날은 오늘의 내가 만드는 것입니다. 당신의 시간은 지금 이 순간에도 흘러가고 있습니다. 삶은 계속되고, 새로운 꿈을 꿀 시간은 무한히 이어지고 있죠. 그렇기에 우리는 언제 어디서나 다시 시작할 수 있습니다.

세상이 감동할 만한, 당신만의 인생 2막을 만들 절호의 기회가 왔습니다. 이 책을 펼쳐서 지금 이 문장과 마주했다는 건 당신이 새로운 인생을 시작하는 데에 올바른 지침이 될 바이블을 맞이할 준비가 되었다는 뜻입니다. 각 장마다 펼쳐질 소박하고 위대한 이야기를 읽은 후의 당신이 용기와 희망, 할 수 있다는 의지가 충만해진 마음으로 고개를 들어 세상을 다시 마주하길 바랍니다.

한승양   뒤늦게 시작한 칼국수가   **18**
인생의 행복이 되다

타인이 세운 기준에서 벗어나라.
당신을 가슴 뛰게 할 일은 그 너머에 있다.

김칠두   60대에 런웨이를 장악한 모델   **32**
김칠두의 화려한 비상

행동하지 않는 사람에겐 2막이 오지 않는다.
자신의 운명을 찾아 나서라.

최혜원   유능한 정신과 의사에서   **46**
바다를 누비는 수중 사진가로

좌절과 실망을 두려워 말라.
이는 당신을 무한한 발돋움의 길로 열어준다.

지영흥   도마로 삶의 새로운 의미를 배우다   **62**
느티나무 도마에 예술을 입히는 장인

결과만 바라보지 마라.
거기까지 가는 과정을 충분히 즐겨라.

이상표   55세, 대기업을 그만두고   **78**
멀어진 꿈을 붙잡다

언제 시작해도 늦지 않았다.
그러나 뜻이 정해졌다면 그때부턴 미친 듯이 몰입해라.

장래오   57세에 운동 입문으로 머슬 퀸까지   **94**
완전히 바뀐 인생의 무대

'나'를 사랑하는 일에
자신의 모든 열정과 에너지를 쏟아라.

윤종철   죽음의 문턱에서 탈출해   **110**
연 매출 5억 냉면집 사장으로

초심을 간직하며 스스로를
통제하는 사람만이 진정한 일류다.

임 혁   50년 차 사극 전문 연기자에서   **126**
신인 가수로 새롭게 변신하다

남의 인생을 살아 주지 마라.
이제는 당신만의 인생을 살아라.

강종말   도예로 다시 빚어낸 삶   **138**
"도자기가 미치도록 좋았는걸요"

할 수 있다는 강인한 마음은
당신을 새로운 길로 나아가게 한다.

조영현   행복한 소를 기르는 개척가   **154**
자유로운 소들의 아버지

당신만의 경로를 개척해 나아가라.
인생의 참된 의미는 바로 거기에 있다.

김정식   철기 문화 부흥을 꿈꾸는 칼 대장장이   **170**
전통 공법으로 최고의 칼을 만들다

어디에도 구속되지 마라. 당신만의 삶이다.
삶에 깃든 행운을 만끽하라.

최봉학   드넓은 아버지의 땅에서   **184**
한국 와인의 역사를 다시 쓰다

아무도 가지 않은 길이라도,
확신이 있다면 가라. 개척자가 되어라.

김영운   치열한 도시를 떠나   **200**
무한한 영일만의 품으로

도전하라.
전혀 다른 삶을 살게 될 것이다.

인치완   인생은 한방, 50년 만에   **216**
참았던 꿈을 터뜨리다

매순간 즐겁게 노래하는 듯이,
마음이 행복한 삶을 살아라.

김성태   백년소공인 선정   **230**
전통을 지키는 가마솥 주물장

계속해서 바쁘게 일을 만들어라.
안주하는 순간, 가라앉을 것이다.

김조은   천연 염색계에 한 획을 긋다   **246**
천연 염색을 만나고 다시 시작된 인생

내 분야를 만들고 거기에 완전히 미쳐라.
10년 후가 달라질 것이다.

이경래   왕년엔 '동작 그만!' 개그맨   **266**
이제는 연 매출 억대 고깃집 사장님

실패해도 끝까지 버텨라.
자신에게 감사하게 될 것이다.

박재린   사업 사기로 모든 걸 잃었을 때   **280**
상추로 재기하다

어제를 후회하며 멈춰 서지 말고,
계속해서 한걸음씩 더 나아가라.

이광기   연기하는 아트 디렉터   **294**
상실의 슬픔을 예술로 승화하다

고여 있지 마라. 낡은 것은 흘려보내고,
항상 새로운 꿈을 꾸어라.

심형래   영구가 사랑한 불굴의 영화 인생   **310**
꿈을 향해 달린 파란만장 도전기

당신의 삶은 당신만의 것이다.
남들이 뭐라 하든 그저 꿋꿋하게 가라.

이제, 당신이 상상해 온 삶을 살 시간입니다.

금융 전문가에서 칼국수집 대표로

한승양

칼국수에 미친 남자
뒤늦게 시작한 칼국수가
인생의 행복이 되다

금융 전문가가 사랑한 칼국수

한승양의 집, 거실에는 베란다 창문을 통해 들어온 따스한 햇살에 여러 상패와 감사패가 빛나고 있다. 화려했던 인생 1막의 전리품들이다. '개척자에게'라는 제목의 감사패는 팀장으로서 그의 헌신적인 리더쉽이 기금 운용의 탁월한 성과로 나타났음을 기리는 내용으로 퇴사 당시 후배들에게서 받은 것이다.

국민연금 기금운용본부에서 팀장으로 일했던 한승양은 금융가를 주름잡던 대한민국을 대표하는 금융 전문가였다. 명실상부 대한민국 최고 권위의 대학을 졸업하고 금융업에 종사하면서 그는 눈에 띌 만한 대단한 성과들을 냈다. 그가 진두지휘하던 팀은 부실 채권 하나 없었고 채권 운용 실적도 좋았다. 특히 한승양은 오늘날 국민연금 기금운용본부의 시스

19

템을 정립하는 초석을 마련하기도 했는데 스스로 반추하여도 자랑스럽고 뿌듯한 일이다. 한승양은 내로라하는 금융 전문가들 사이에서도 초고속 증진을 할 정도로 승승장구했다.

하지만 그의 머리는 항상 깨어질 듯 아팠다. 엄청난 스트레스와 압박 때문이었다. 최선을 다해서 열심히 일했음에도 불구하고 제대로 평가받지 못하는 제도적인 문제에 한계를 느꼈다. 부실 채권도 없고 실적이 좋았지만 국정감사에 불려갔고, 감사원에 가서 12시간 동안 조사를 받은 적도 있었다. 그런 부조리한 부분들이 한승양에게는 엄청난 스트레스로 다가왔다. 그래서 그는 결심했다.

'이제 다 그만두자. 언제까지 이렇게 살 수만은 없으니.'

시원스럽게 퇴사를 결심할 수 있었던 이유는 돈을 넘칠 듯 쌓아 놓고 있어서도, 든든한 배경이 있어서도 아니었다. 바로 가슴속에 '꿈'이 있었기 때문이다. 대다수가 동경하는 화이트 칼라, 그중에서도 돈 좀 만진다는 금융업에 종사하면서도 그에게는 다른 꿈이 있었다. 언젠가 칼국수 만드는 일을 하겠다는 꿈이 어린 시절 장롱 밑으로 굴러 들어간 구슬처럼 그의 마음에 자리하고 있었다. 한승양은 재직 당시에도 일주일에 세 번은 칼국수를 먹을 정도로 칼국수를 사랑했다. 결국 칼국수를 사 먹는 것에서 그치지 않고 직접 최고의 칼국수를 만들고자 하는 꿈이 생긴 것이다.

직장생활을 잘 하다가 그만둔다고 하니 주변에서는 황당하다는 반응이 많았다. 특히 금융계에 있다가 은퇴한 후, 흔히들 하고 싶어 하는 금융 강사라든가 부동산 투자 등을 하지 않고 식당을 낸다고 하니 이상하게 보는 시선들이 지배적이었다. 이렇게 갑작스럽게 음식점이라니. 그러나 그의 아내는 막막한 한편 '올 것이 왔다.'고 생각했다. 연애할 때부터 남편은 농담처럼 '칼국수집이나 할까?'라고 곧잘 말했기 때문이다. 오래 꿈꿔왔던 일이기에 한승양은 자신도 모르게 그 희망의 일부를 예전부터 내비치고 있었던 것이다. 그것이 정말 현실이 되도록 용기 내어 디딘 한 발자국은 훗날 그를 칼국수 프랜차이즈 대표 이사로 만들었다.

성실함은 나의 무기

칼국수를 시작한 지 10년째, 여전히 그는 새벽 출근을 한다. 누구보다 일찍 일어나서 칼국수의 주재료가 되는 해산물을 직접 고르고 사 와서 손질한다. 지금이야 사업이 성장해서 직원들이 역할 분담을 하고 있지만, 처음 시작할 때는 혼자서 정말 온갖 일을 해야만 했다. 재료 구입, 세척, 반죽, 제면, 홀

서빙, 배달, 물류 수량 체크, 매장 청소까지…. 그러다 보니 10년간 제대로 쉰 날이 없다. 아버지가 돌아가셨을 때, 단 3일을 제외하고는 가게 문을 닫은 적이 없다. 가족들과 몇 해 전 1박 2일로 여행을 다녀왔을 때에도 장사가 끝나고 잠깐 갔다가 다음 날 어김없이 제 시간에 가게를 오픈했을 정도로 그는 부지런하고 열심히 하는 것에 유독 집요했다.

원래 타고난 손재주가 없기 때문에 남들보다 시간이 더 걸릴 것을 알고 있었고, 그렇기에 더 노력해야 했다. 이제 그는 200g의 면을 손대중으로 단번에 쥘 수 있는 칼국수 마스터가 되었다. 피나는 노력과 연습이 있었기에 가능한 일이었다. 새벽에 출근하며, 오늘은 또 어떤 일이 일어날까 기대가 된다는 한승양. 하루하루를 부지런하게 살아내는 것이 모든 성공의 기저임을 그를 보면 알 수 있다.

꿈을 가지고 도전한 모든 이가 인생 2막을 성공적으로 살고 있다면 인생은 그 얼마나 쉽고 달콤한 것일까. 그렇다면 누구나 당장이라도 주저 없이 새로운 삶을, 꿈꿔왔던 일을 시작할 것이다. 그러나 실상은 그렇게 녹록지 않다. 퇴직 후 자영업을 시작하여 성공할 확률은 10% 남짓이라는 통계가 있을 정도니 말이다. 90%의 실패 확률 속에서 한승양이 새로운 도전에 성공하고 10년 넘게 사업을 유지할 수 있었던 비결은 바로 '부지런함과 열심히 함'이다.

창업 초반, 자신의 칼국수에는 여느 평범한 칼국수와는 차별화되는 재료와 조리법이 있어야 한다는 생각에 한승양은 레시피 연구 목적으로 전국 각지를 돌아다녔다. 먹어 보고, 요리해 보고, 실패의 원인을 찾고 분석하며 더 나은 칼국수를 만들기 위해 노력했다. 거듭된 연구 끝에 감칠맛과 시원함이 빼어난 육수의 황금 비율을 찾을 수 있었다. 남편이 금융계에 재직하던 시절에는 어떤 사람이었는지 묻는 말에 그의 아내는 '참 열심히 하는 사람'이었다고 말한다. 무엇이든 열심히, 묵묵히, 성실하게 하는 사람이었다고. 그런 성품은 새 사업을 시작하면서도 변치 않았고 성공의 큰 버팀목이 되어 주었다.

한승양은 가게의 사장이지만 음식 배달을 직접 나가기도 한다. 가까운 거리에서 고객을 만나고 고객의 소리를 듣고 싶다는 욕심 때문이다. '고객의 니즈가 곧 트렌드다.'라고 강조하는 그는, 트렌드가 흘러가고 바뀌는 것에 민감하게 반응하려고 노력한다. 소비자의 피드백을 받기 위해 직접 차를 몰고 배달을 나서는 것은 물론, 배달 어플 리뷰도 꼼꼼히 챙긴다. 그랬기에 장사를 시작한 이후 특별한 연을 쌓거나 기억에 남는 손님들도 더러 만나게 되었다. 칼국수를 잘 먹었다며 비뚤한 글씨로 손 편지를 남긴 꼬마 손님부터 임종 직전까지 그의 칼국수를 드신 아버지를 대신해서 감사 인사를 전해 오는 손님까지. 한승양은 자신이 만든 칼국수를 그저 한 끼니로 먹는 음식이 아니라 그 이상의 의미로 받아들이는 손님들을 만나며 '내가 좋은 일을 하고 있구나.'라고 느낀다. 그럴 때 그는 일에 대한 자부심과 애정을 거듭 느끼게 된다.

깔끔하고 시원한 국물의 해물 칼국수가 주 메뉴이지만 한승양은 이 외에도 다양한 메뉴 개발을 게을리하지 않았다. 팥 칼국수, 매생이 칼국수, 그리고 칼국수 외에도 팥 옹심이 등 다양한 신메뉴를 개발했다. 더 좋은 면을 만들기 위해 따로 건물을 마련해서 제면 연구소까지 차렸을 정도이다.

그의 주방 싱크대에는 빼곡하게 글씨가 적힌 종이와 스톱워치가 무수히 많이 붙어 있다. 깨알 같은 글씨들은 주의사항과 각종 레시피다. 가장 기본이 되는 육수 끓이는 법, 재료 손질하는 법 등에 대해 세세하게 적어 놓았다. 스톱워치는 각 면마다 가장 맛있게 끓일 수 있는 시간을 찾아 세팅해 놓은 것이다. 언제나 최적의 맛을 일정하게 낼 수 있도록 레시피를 매뉴얼화해서 어느 직원이 조리해도 고객에게 만족스러운 칼국수를 대접할 수 있도록 체계적인 프로세스를 갖춘 것이다. 이러한 노력이 있었기에 한승양은 비로소 '내가 만든 칼국수가 우리나라에선 최고다.'라는 자부심을 가질 수 있게 되었다.

매뉴얼이 있기에 밀키트(손질된 식재료와 양념, 조리법을 세트로 구성해서 직접 요리해 먹도록 판매하는 제품)도 개발할 수 있었다. 덕분에 먼 곳에 사는 사람들도 그의 칼국수를 택배로 배송 받아 집에서 직접 끓여 먹을 수 있게 되었다.

의지만 있으면
뭐든 할 수 있습니다

한승양은 자기 사업장 운영에서 그치지 않고 칼국수 가맹 사업을 시작했다. 가맹 사업은 오랜 꿈이었는데, 인생 2막을 성공적으로 꾸려 내며 또 다른 꿈도 이루게 된 것이다. 한승양은 점주들과 자주 통화하며 그들을 살뜰하게 챙긴다. 장사는 잘 되는지, 어려움은 없는지, 면은 매일 배송하니까 매일 적당량을 소량 주문하시면 된다는 조언까지. 이렇게 직접 신경 쓰고 관리하는 이유는 자신의 성공을 다른 사람들과 나누고 싶기 때문이라고 한다. 100세 시대에 5~60대는 한창이라고 생각한다는 한승양. 그는 은퇴 후 자기 인생을 살고 싶은 분들, 하지만 특별한 노하우가 없는 분들이 자신이 겪었던 시행착오를 겪지 않고도 인생 2막을 성공적으로 시작할 수 있기를 바라는 마음으로 가맹 사업을 꿈꾸었다고 한다. 평생 직업

을 가질 수 있도록 도움을 주고 싶은 것이다. 한승양 매장의 직영점, 가맹점은 꾸준히 늘고 있다. 이로써 그는 혼자만의 성공을 넘어 칼국수로 찾은 인생의 행복을 주변에 넉넉하게 나누고 있다.

한승양은 더 많은 사람과 소통하고 인생 2막의 성공비결을 공유하고자 유튜브 채널도 운영하고 있다. '칼미남(칼국수에 미친 남자)TV'는 한승양의 정체성을 잘 보여준다. 직접 영상을 촬영하기도 하고 출연도 하며 편집까지 혼자서 척척 해낸다. 영상 편집에 대해서 잘 몰랐기에 시행착오도 많이 겪었지만 칼국수에 대한 열정으로 하나하나 차근차근 배웠다.

"의지만 있으면 뭐든 합니다. 의지만 있으면."

모두가 부러워하는 자리에서 스스로 내려왔으나, 자신이 원하는 걸 제대로 찾은 사람은 이렇게까지 행복해질 수 있다. 한승양의 말처럼, 의지만 있다면 그가 맛본 기쁨을 더 많은 사람들이 누릴 수 있을 것이다.

좋아하는 일을 하세요

자신이 처음 칼국수집을 차리겠다고 했을 때 걱정했던 사람들, 이상하다는 시선으로 바라봤던 전 직장 동료 및 선후배들은 퇴직할 나이가 되자 한승양을 부러워하는 상황이다. 퇴직하면 무엇을 할 것이냐에 대한 이야기는 계속 하는데 구체적으로 무엇을 어떻게 할 것인가에 대한 생각은 아직 정리되지 않았고 고민만 하고 있으니 말이다. 보통 사람들이 미처 생각하지 못한 것, 혹은 생각은 하고 있으나 용기나 실천할 힘이 부족하여 실행하지 못한 것을 한승양이 해내자 걱정은 부러움으로 바뀐 것이다. 그 꿈을 이루게 된 원동력은 진정 하고 싶은 일이 무엇인지 알았고 그것을 '했기' 때문이다.

누구에게나 언젠가 하고 싶다고 막연히 생각해 왔던 일이 있을 것이다. 흘리듯 누군가에게 말했던 일. 지금과 전혀 다른 그 일을 하며 행복해하는 자신의 모습을 상상해 봤다면? 그렇다면 당신에게도 꿈이 있는 것이다. 새로운 삶에 도전하기 위한 가장 기본적이고도 중요한 조건이 갖춰진 것이다.

"자신이 좋아하는 일을 하세요."

하고 싶은 일을 해라. 단순하지만 삶의 진리가 담긴 한승양의 조언이다. 새로운 일에 도전하면 좋은 일만 있을 순 없다. 정글 같은 사회에서 지금 막 걸음마를 떼고 도전하는 자에게는 온갖 역경과 어려움이 필연적으로 닥쳐온다. 그럴 때 자기 자신을 지켜 주고 이겨낼 수 있는 힘은 '진정 내가 원해서 이 일을 한다.'는 그 믿음이기 때문이다. 그렇기에 자신이 무엇을 하고 싶은지 알고 있다면, 그리고 하고 싶은 일을 선택 했다면, 새로운 삶으로의 도전에서 당신은 이미 절반 정도는 성공했다고 할 수 있을 것이다.

당신이 세상을 바꿀 수 없다고

말하는 사람에는 두 종류가 있다

시도하기를 두려워하는 사람들

당신이 성공할까 봐 두려워하는 사람들

레이 고포스 *Ray Goforth*

순댓국집 사장에서 시니어 모델로

김칠두

60대에 런웨이를 장악한 모델
김칠두의 화려한 비상

27년간 순댓국 장사

20대 초반, 김칠두는 모델이 되고 싶다는 막연한 생각을 품은 청년이었다. 가진 건 없었지만 무엇이든 해 보고 싶어 참가한 모델 경연 대회에서 입상한 이력도 있었다. 하지만 생계를 위해 돈을 버는 일이 우선이었고 그렇게 긴 세월, 꿈이라는 것은 없는 듯이 살았다. 환갑을 넘기고 몸이 노쇠해진 후에야 그는 27년을 운영하며 청춘을 고스란히 보낸 순대국밥집 운영을 접었다. 드디어 오롯이 자신만을 위한 인생을 살아 보고 싶어진 김칠두. 그런 그에게 손을 내민 것은 그의 딸이었다.

"아빠, 모델을 해 보면 어떨까?"

오랜 시간 동안 묻어 두었던 꿈을 끄집어내어 준 한마디. 마치 이 시간만을 기다려 온 사람처럼, 캐스팅되고 한 달도 되지 않아 김칠두는 모델로서 두각을 나타내기 시작했다. 빛나는 런웨이에 선 그에게서 모델 학원 앞을 서성이던 노인의 모습은 찾아볼 수 없었다. 좌중을 압도하고 한국을 넘어 세계에서 주목하는 모델로 자리 잡은 시니어 모델 김칠두. 인생 2막을 꿈꾸는 수많은 이들에게 김칠두의 이야기는 무수한 가능성을 열어 준다.

김칠두는 7남매 중 막내로 태어나 항상 가난에 시달렸다. 청년 시절의 김칠두는 물려받은 재산도 없었고, 빨리 무언가를 이루고 싶다는 마음만이 간절했다. 생선 장사, 쌀 장사, 과일 장사, 연탄 배달, 건설 현장 노동까지 그는 안 해 본 일이 없었다. 자유분방한 삶을 살다가 가정을 꾸린 후에 최종적으로 정착한 건 순댓국 장사였다. 먹어만 봤지 만들어 보진 못했던 순댓국에서 깊은 맛을 내기 위해 김칠두는 여러 시행착오를 겪었다. 그 고생과 노력이 닿아 많은 손님이 그의 순댓국집을 찾아 주었다. '무엇을 넣은 것 아니냐'고 손님들이 종종 오해할 만큼 뽀얀 육수가 김칠두표 순댓국의 매력이다.

장사를 하던 시절, 아내 허향숙은 서러움에 자주 울었다. 난생처음 장사를 하고 손님을 맞이해 보는 아내에게 김칠두는 인사를 너무 작게 한다고 타박하고는 했다. 아내의 힘듦을 알면서도 잘해 보고 싶다는 욕심이 컸기 때문이다. 전쟁 같은 세월을 항상 함께해 온 두 사람. 돈을 벌기 위해 잠도 제대로 자지 못하고 많은 사업을 구상하던, 그러다 거듭 실패하는 자신의 모습이 아내에게는 얼마나 마음 아프게 보였을지. 가족에게 가난을 대물림하지 않기 위해 악착같이 버텨 온 세월 동안 남편이 다는 말하지 않았지만 속으로 얼마나 고생을 했을지…. 둘은 어느덧 다 말하지 않아도 서로의 마음을 헤아릴 수 있게 되었다.

김칠두는 항상 새벽에 나와서 장사를 준비했다. 좁은 주방에서 허리 한 번 마음 편히 펴지 못한 채 꼬박 자정까지 일했던 세월은 무려 27년이다. 해를 거치며 이십 대때의 꿈은 점점 더 까마득해졌고, 대신 그의 아이들은 저마다의 꿈을 키우며 건강하게 자라 주었다.

인생의 황혼에서
잊었던 꿈속으로

사실 그의 딸 김린은 어린 시절, 아버지의 남다른 패션과 외양이 부담스럽기만 했다. '우리 아빠는 왜 늘 평범하지 않지? 다른 아빠들처럼 평범하게 옷 입고 그랬으면 좋겠는데.' 어딜 가나 튀는 아버지가 어색했다. 하지만 성인이 되어, 아버지와 함께 마주 앉아 술잔을 나눌 수 있는 나이가 되어서야 김린은 아버지에게서 독특한 외양이 아닌 다른 무언가를 발견했다.

'아빠는 왜 이렇게 사무쳐 보이지. 왜 이렇게 안쓰러울까. 뭐가 그렇게 사무쳐서 술을 마실 때마다 그게 보이나.'

결국 딸은 아버지에게 새로운 인생을 열어주겠다고 결심한다. 어릴 적부터 주변 친구들이 자신의 아버지를 볼 때마다 내보였던 한결같은 반응은 이 결심에 힘을 실어 주었다. '너희 아버지 예술 하셔?', '아버지 영화 나오셔? 아님 방송 하셔?' 남들이 저렇게 볼 정도면, 한번 제대로 보여 줘 볼까, 아빠를?

마침 긴 세월 운영해 왔던 장사를 접고, 김칠두는 이제 또 다른 직업을 찾아가야 했던 시기였다. 김칠두와 딸은 그의 오랜 꿈을 위해 아내 몰래 작당하여 일을 저지른다. 모델 학원에 등록한 것이다. 딸아이는 아르바이트를 해서 모은 돈 120만 원을 아버지의 잊혀진 꿈을 위해 선뜻 학원비로 지불해 주었다.

모델의 꿈을 품고 학원에 들어섰다면 워킹을 하기 전에 꼭 거쳐야 하는 관문이 있다. 바로, 자세 교정이다. 양발을 모으고 뒤꿈치를 벽에 붙이고 선다. 일직선이 되도록 몸을 곧추세우고 벽에서 떨어뜨리면 안 된다. 간단해 보이는 이 동작은 실제로 해 보면 2~3분만 되어도 땀이 날 만큼 온몸에 힘이 단단히 들어간다. 워킹은 또 어떠한가. 손은 앞으로 15도 이상 나가면 안 되고, 걸음은 늘 11자를 유지해야 한다. 무대 위에서 자연스러운 모습으로 있기 위해선 연습밖에 없다.

"워킹은 정말 연습이 많이 필요해요. 많은 연습이 따라야 떨지 않고 자연스럽게 나올 수 있어요."

분명 쉽지 않은 과정이다. 긴 세월에 굽어진 몸을 바로 펴기 위해 불편하고 힘이 들고 어색한 동작을 끊임없이 연습하는 것이다. 이 자세가 기본이 되어야 그다음 과정이 이루어질 수 있다.

비록 짧은 시간 안에 한국을 대표하는 모델 중 한 명으로 우뚝 선 그이지만, 처음 모델이 되고자 결심하고부터 모든 것이 순탄한 과정을 거쳐 온 것만은 아니다. 단순히 어려운 자세를 익히는 것 외에도 그에게는 다음 과정으로 넘어가기 위한 몇 번의 좌절이 있었다. 학원 앞에서 주저하던 시기도 있고, 젊은 친구들을 따라 오디션에 가서 연이어 낙방의 쓴맛을 맛보기도 했다. 부푼 꿈을 안고 업계에 뛰어들었지만, 연속된 실패에 그는 당연히 두려워지기도 했다. 특히나 젊은 모델 틈에서 내가 정말 이걸 하는 게 맞는 걸까, 이 직업이 경제적인 것과 연계될 수 있는 것일까, 하는 현실적인 문제에 부딪힐 때면 불쑥 포기하고 싶을 만큼 힘이 들었다.

나의 때는 끝나지 않을 것

김칠두는 일곱 번의 고배 끝에, 여덟 번째 오디션에서 비로소 디자이너의 컨택을 받아냈다. 이렇게 긴 연습을 거쳐 올라설 수 있는 쇼장에서, 김칠두는 긴장이 되기보단 강한 끌림만을 느꼈다. 쇼장을 쿵쿵 울리는 비트 강한 음악이 자신의 심장까지 쿵쾅거리게 만드는데, 그 감각이 몹시 즐거웠다. 그의 안에 세월에 녹슬지 않고 때를 기다려 온 타고난 재능이 있음을 보여줌과 동시에, 재능을 가꾸어 세상에 내보이기 위한 열띤 노력이 있었음을 증명한다.

톱 모델의 입지를 탄탄히 다진 지 오래이지만 그럼에도 연습을 거르지 않는다. 여전히 맨 처음 딸이 등록하도록 해줬던 그 학원에서 동료들과 워킹 연습을 한다. 자주 깜빡하고 실수도 잦지만, 무대의 동선을 잊지 않기 위해 온 신경을 몰두하여 열정적으로 임한다.

시니어 모델의 길을 열고, 동년배의 동료들과 함께 길을 탄탄히 다지고 있는 김칠두는 '시니어'라는 단어가 군이 필요할

38

까, 묻는다. 이미 다양한 연령대의 모델들이 자신의 인생을 빛내기 위해 노력하고 있기에, 이런 현상이 사회적으로도 좋은 영향을 줄 수 있지 않을까 기대하고 있다.

김칠두가 모델로 데뷔한 지도 꽤 오랜 시간이 지났다. 대중교통을 이용하다가도 자신을 알아보는 팬들과 함께 사진을 찍고, 동년배의 친구들이 '미용실에 가서 네 사진을 보여줬더니, 미용사가 널 알아보더라! 네 팬이래.' 하고 자랑하는 말에도 허허 웃으며 고개를 끄덕일 수 있게 되었다.

모델 김칠두의 삶은 언제나 새롭게 시작된다. 패션쇼와 광고 촬영은 물론이고, 브랜드 룩북은 촬영이 들어가면 늘 오전에 시작하여 최소 8시간 이상 이어진다. 갈아입어야 하는 옷은 하루에만도 60벌이 넘는다. 착용하는 옷과 제품이 저마다 돋보이도록 표정과 포즈를 다양하게 연구해야 한다. 김칠두는 이러한 노력을 게을리 하지 않는다. 카메라 앞에서 트렌디하고 캐주얼한 옷을 걸치고 포즈를 잡는 그의 모습에는 오랜 노력이 여과 없이 묻어난다. 힘들지 않으시냐, 물으면 이게 내 직업인데, 힘들어도 참아야 하고 버텨야 하지, 라고 김칠두는 웃으며 대답한다. 입으로는 힘들다고 말하지만 조금도 티가 나지 않는 기분 좋은 표정과 우렁찬 목소리로 촬영장에 생기를 불어넣는다. 김칠두는 100벌을 갈아입어도 좋다고 한다. 젊은 스타일의 옷을 입고, 젊은이들과 소통하며 사는 것은 그에게 몹시 생생한 즐거움을 전해 주는 듯하다.

"모델이란, 정말 즐거운 거야."

그렇게 말하는 김칠두의 표정에는 즐거움이 꾹꾹 눌러 담겨 있어, 듣는 이마저 신이 난다. 이러한 김칠두의 삶은 비단 시니어 모델에게만 귀감이 되는 것은 아니다. 현재 '나의 때'를 걱정하고 고민하는 수많은 20대의 젊은 모델들은 그를 보며 생각한다. 이 직업은 일시적인 것이라는 걱정, 내가 언젠가는 이 일을 떠나야 한다는 조바심, 미래를 위해 다른 직업으로 성공해야 한다는 두려움이 아닌, '나의 때는 끝나지 않을 것'이라는 희망찬 가능성에 대해.

보통 모델이라 함은, 화려하고 빛나는 직업이라는 인식이 보편적이지만 그는 그 틀을 깬 선두 주자다. 김칠두가 활발하게 활동을 이어 나가고, 그 흐름을 이어받을 수많은 차기 모델들이 움직이는 동안 모델계는 젊음을 소비하는 시장으로 그치지 않을 것이다. 이 늦깎이 모델과 청년 모델들은 서로에게 힘이 되어 주는 존재로, 세대를 넘어 서로 의지할 수 있는 동료로 함께 하는 셈이다.

그의 친구들은 말한다. "나이가 들면 좌절과 포기가 익숙해지기 마련인데, 칠두는 희망을 놓지 않는 게 보였어요. 그러니까 나에게도 귀감이 돼요." 아마도 그가 끝까지 놓지 않은 희망에 대한 보답은 이러한 즐거움들이 아닐까 싶다.

온전한 나의 삶을
찾는다는 것

김칠두는 지금도 종종 집에서 순댓국을 끓인다. 현재는 세계를 사로잡는 모델이지만, 칼을 잡는 솜씨는 녹슬지 않았다. 지난 시간이 그의 몸에 익어 있는 것이다. 그에게 뜨끈한 한 그릇의 순댓국은 치열하고 고단했던 삶의 증거이다. 이제는 그 모든 시간이 주마등처럼 스쳐 지나간다.

그는 말한다. 인생이라는 무대에서 용기 내어 내딛는 발걸음만이 남은 인생의 후반전을 좌우한다고. 그는 속절없이 지나간 세월을 후회하기보다, 황혼의 삶을 빛내 보기로 결심했다.

세월이 녹아 있는 깊은 주름과 흰 수염, 회색빛 머리칼에는 삶의 매 순간을 정면으로 부딪치며 살아온 사람의 기품과 무게감이 묻어 있다. 타고난 골격과 기능적인 노력 외에, 젊은 시절에는 지닐 수 없는 바로 그 기품이 모델 김칠두의 큰 매력이다. 이제 그에게 인생 1막은 꿈을 묻어 두고 희생한 세월이 아니라, 인생 2막을 위한 발판이 되었다.

"번화한 거리를 걷고 있으면, 세상이 너무 많이 변했음을 깨달아요. 젊을 적에는 삶의 흐름을 따라가기 바빠서 진짜 세상이 뭔지는 하나도 몰랐던 것 같아요. 그래도 좋아하는 옷은 늘 노력하여 입고자 했는데, 또 그것만이 다가 아니었으니. 너무나 갇혀 살았다는 생각이 들어요."

누구보다 화려한 제2의 인생을 살고 있는 지금, 김칠두는 행함에 있어 주저하고 있는 이들에게 서둘러 나오라고 말한다. 가만히 있지 말고 나와서 하고 싶은 걸 하라고. 잊지 못한 마음속의 그 꿈을 펼치라고. 어쩌면 진짜 '때'는 지금일 수도 있다고. 그게 바람직하지 않겠느냐고 말이다.

"내가 모델 김칠두라는 게, 지금은 온전한 내 인생을 산다는 게 너무 좋아요."

눈부시게 빛나는 목소리로 이렇게 말할 수 있는 오늘, 그러한 오늘을 만들기 위해 자신의 손으로 현재를 빚어 낸 시니어 모델 김칠두. 그에게 모델로서의 가장 큰 재능은, '과거에 머물지 않고 늘 현재에 최선을 다하는 치열한 노력'이 아닐까.

당신이 되고 싶었던

어떤 존재가 되기에는

지금도 결코 늦지 않았다

조지 엘리엇 *George Eliot*

정신과 의사에서 수중 사진가로

최혜원

푸른 바다를 헤엄치며
가장 작은 아름다움을 찍다

기다림의 미학, 수중 사진

바다를 생각하면 어떤 장면이 떠오르는가? 아마 거대한 파
도와 바닷속을 헤엄치는 물고기 떼의 움직임이 가장 먼저 떠
오를 것이다. 바다는 겉보기엔 거대한 흐름만으로 이루어져
있는 듯하지만, 그 푸른 품은 아주 자그마한 것들도 기꺼이 품
고 있다. 1cm도 채 되지 않아 맨눈으로는 볼 수 없는 생물들
또한 바닷속에서 각자의 삶을 이어가고 있다. 이러한 바닷속
작은 생물들의 삶을 포착하는 사진작가, 그녀의 이름은 최혜
원이다.

최혜원의 일과는 단순하지만 규칙적이다. 그녀의 주요 활
동 무대는 바다다. 하지만 다른 다이버들과는 달리, 카메라
를 들고 있다. 일어나면 바다로 나가서 수중 전용 카메라를

통해 자그마한 생물들과 반가운 만남을 가진다. 바닷속 작은 생물들을 포착하기 위해 특수 제작된 카메라의 무게는 무려 5~6kg이다. 그러나 새로운 생물들을 만날 기대감에 찬 최혜원에게 그 카메라는 솜털보다도 가볍다. 매일같이 반복되는 일과여서인지 장비를 챙기고 슈트를 입는 동작이 매끄럽고 능숙하다. 기대감과 들뜸이 앞설 수 있지만, 최혜원은 '안전한 잠수'를 몇 번이고 되새기며 장비를 점검하는 프로페셔널함까지 갖추고 있다.

얼핏 홀로 바닷속에서 고전하는 듯 보이지만, 수중 사진 촬영은 절대 혼자서 성공할 수 없는 일이다. 해류 속에서 완벽한 순간을 포착하기 위한 고군분투 뒤에는 물심양면으로 그것을 지원하는 이들이 있다. 최혜원의 작업은 그녀와 든든한 지원군 모두가 합을 맞춰 완성하는 하모니다. 가장 큰 조력자는 포인트 가이드다. 포인트 가이드는 다이버의 안전 사항을 옆에서 함께 체크하고 다이버의 안전을 위해 다른 다이버와 생물체, 그리고 배 등을 통제하는 역할을 한다. 잠수 시간은 물론 다음 잠수 때까지 뭍에서 보내야 하는 시간을 다이버에게 알려 주는 것, 사진이 잘 찍힐 것 같은 장소를 미리 물색해 다이버가 산소를 낭비하지 않고 최대한 많은 사진을 찍을 수 있도록 보조하는 것 또한 포인트 가이드의 몫이라, 최혜원의 작업에 없어서는 안 될 존재다.

본격적인 작업에서 가장 필수적인 것은 인내심이다. 자그마한 생명체들이 주로 터를 잡는 곳인 산호나 바위틈은 시야가 잘 확보되지 않기 때문에, 불빛을 섬세하게 비춰가며 구석구석 살펴야 하기 때문이다. 겨우 피사체를 만났다면, 그때부터는 정말 까다로운 작업이 시작된다. 조류에 의해 사진기가 원하는 방향으로 잡히지 않거나, 피사체가 너무 작아 렌즈가 잡기 어렵다거나, 그녀 스스로 몸을 가누지 못할 만큼 물이 빠르게 흐를 수도 있기 때문이다. 여러 변수의 가능성을 떠올리다 보면, 겨우 만난 피사체를 잘 담을 수 있을지 걱정부터 앞선다. 조급하고 짜증 나는 상황이지만 최혜원은 인내심을 가지고 결정적인 순간을 기다린다.

"피사체가 마침내 모습을 보여주는 그 순간, 셔터를 눌러요. 그 작은 미물이 렌즈 안에 들어오는 순간의 기쁨은 이루 말할 수 없죠."

롤러코스터처럼 오르락내리락하던 감정이 감동으로 완성되는 순간이다. 이 세상에 의미 없는 존재는 없다는 감동. 놀라운 점은 그 감동은 매번 새롭게 다가온다는 것이다.

우여곡절 끝에 찍은 사진 중에는 모든 수중 사진사가 담고 싶어 하는 순간도 있었다. '키모토아 엑시구아' 사진이 바로 그것이다. 물고기의 혀 역할을 대신하는 기생충으로 알려진 키모토아 엑시구아는 포착하기 굉장히 어려운 피사체다. 숙주인 물고기가 사진사 쪽으로 다가와서, 카메라를 정면으로 바라보며 동시에 입을 벌려야 한다. 그 순간이 모두 맞물려야 물고기의 입 안에 있는 그것의 사진을 정확하게 남길 수 있다. 최혜원은 그 사진을 찍었던 순간을 이렇게 회상한다.

"수많은 우연이 겹치고 겹쳐야 겨우 이루어질 수 있는 순간을 내가 직접 마주하게 되었을 때, 곧바로 셔터를 누르는 것. 수중 사진은 그야말로 기다림이라는 미학의 정수입니다."

좋은 사진을 찍었다면, 촬영만큼 중요한 건 보정 작업이다. 결과물의 후보정 작업을 하기 위해 최혜원은 늦은 밤까지 깨어 있곤 한다. 사진을 찍기 시작한 처음에는 그 작업이 전혀 다른 사진을 만드는 거 같다고 꺼렸지만, 사진을 통해 전달하고자 했던 의미를 더욱 살려주는 작업임을 알고 난 후부터는 꼭 보정 작업을 거치고 있다.

보정을 하며 사진을 유심히 들여다보는 동안 그녀의 마음속에서는 여러 차례 희비가 엇갈린다. 예상만큼 완성도 있는 사진 앞에서는 기쁨이 차올랐다가도, 잘 나왔을 것이라 기대했던 결과물이 전혀 그렇지 않을 때면 큰 아쉬움을 느낀다. 사진 한 장에도 희비가 교차하는 매일이지만, 그래도 최혜원은 사진을 찍을 수 있음에 감사한다. 자신이 찍은 사진을 모

아두고 감상할 수 있는 일을 한다는 걸 그녀는 큰 축복이라고 생각한다. 작고 사소한 것들의 아름다움이 그녀에게 세상을 새롭게 인식할 수 있게 해 주었기 때문이다.

모든 삶은 의미가 있으니까

수중 사진가 최혜원에게 다이빙은 익숙한 일일 수밖에 없다. 마치 아주 어릴 적부터 물과 가까웠던 것처럼 보이지만, 그녀가 원래부터 바다와 다이빙을 좋아한 것은 아니었다. 오히려 어릴 적부터 심한 물 공포증을 가지고 있었고 어른이 된 후 공포증을 극복해 볼 생각에 수영 강습을 받기도 했지만 도통 물에 대한 두려움은 사라지지 않았다. 하지만 그녀는 좌절하지 않고 또 한 번의 도전을 택했다. 생에 한 번쯤은 이겨내 봐야 하지 않겠냐는 마음으로 스쿠버다이빙을 시작한 것이다. 그렇게 선택한 스쿠버다이빙은 바닷속 자그마한 생물들과의 운명적 만남으로 이어졌다.

처음 작은 생물들을 만났을 때 최혜원은 놀라움을 금치 못했다. 이렇게 작고 유약한 생물들이 바닷속에서 살아갈 수 있는지, 이 존재들의 의미는 무엇인지 알 수 없었기 때문이었다. 충격 속에서 그녀는 한 가지를 깨달았다. 그건 바로 세상

곳곳 보이지 않는 아주 자그마한 곳 어딘가에서도 각자의 삶을 살며 의미를 만들어가는 무언가가 존재한다는 것이었다. 눈에 보이지 않을 정도로 자그마한 생물이라 해도 말이다.

"작은 생명체들을 통해서 삶의 새로운 면을 배우는 건 정말 기뻐요. 바쁜 삶 속에서 놓쳐버린 사소한 행복을 발견했을 때의 기분과 똑같아요."

사소하고 흔하지만, 보통의 것들에게 고마움과 감동을 느낄 수 있는 순간들이 있다. 그것은 최혜원이 수중 사진작가가 되기 전부터 배우고 느낀 것이기도 하다.

소중한 것은 곁에 있다고

사진작가가 되기 전, 최혜원은 30년간 정신과 의사로 근무했다. 의대에 다니던 20대 초반에는 쉽게 마음 붙일 곳을 찾지 못했다. 그러던 중 전공을 정신과로 선택했는데, 이는 최혜원이 인생을 살며 잘한 선택이라고 생각하는 것 중 하나가 되었다. 정신과 전문의로서 환자를 진료하며 그들에게 도움을 주는 것이 다른 그 어떤 일보다 적성에 잘 맞았기 때문이다. 정신과 근무 30년간 최혜원은 누구보다 행복한 의사였다.

그 시간 속에서 최혜원이 알게 된 사실은, 사람이 상처를 가장 많이 받는 요인은 대부분 관계에서 비롯된다는 것이었다. 사람들과의 관계, 원하지 않았던 이별, 그로 인한 트라우마 등. 건강하게 정리되지 못한 관계가 가져오는 후유증이야말로 정신을 좀먹는 큰 원인이라는 사실을 알게 되었다. 그 순간 문득 이런 고민이 들었다. 가까운 미래, 나와 정신과 의사라는 직업의 관계를 정리할 때는 어떻게 마무리를 해야 할까? 망설임이나 후회 없이 건강하게 관계 정리를 할 수 있을까?

그렇게 시간이 흘러 환자와 상담을 하던 어느 날, 최혜원은 스스로가 무척 전문성 있는 의사라는 사실을 새삼 느끼게 되었다. 어떤 상황에서도 환자의 눈높이에 맞춰서 쉽게 설명해 줄 수 있었고, 환자들은 그녀의 처방 의도를 정확히 파악해서 이를 믿고 따라와 주었기 때문이다. 정점에 올랐다고 확신한 순간, 그녀는 지금이라고 느꼈다. 오랜 직업과 건강하고 미련 없는 이별을 하기 가장 좋은 때는 바로 지금이라는 걸, 그녀는 직감적으로 알아챘다. 적성에도 부합했고 사회적 지위도 보장된 직업이었지만, 그녀는 한 치의 망설임도 없이 의사라는 타이틀을 내려놓았다.

의사를 그만두겠다는 결단력 덕분에, 그 당시에는 머릿속에서만 어렴풋하게 이해했던 무언가를 이제는 푸른 바닷속을 헤엄치며 온몸으로 생생하게 체험하고 있다. 새로운 깨달음이 주는 매력과 바닷속 풍경의 아름다움 덕분에 공포증은 눈 녹 듯이 사라졌다.

한국 바다에 푹 빠진 모습만 보면 그녀가 시작부터 한국 바닷속을 촬영했을 것 같지만, 그 시작은 외국 바다였다. 처음 으로 수중 사진을 촬영한 곳은 필리핀이었는데 그곳에서 다이 빙을 하다 만난 사람과 대화를 하다가 그가 같은 대학 선배라 는 놀라운 사실을 알게 되었다. 또 인도네시아에서는 땅에서 는 서 있을 기력도 없던 노인이 물속에 들어가 자유롭게 헤엄 치는 모습을 인상깊게 보았다. 외국의 바다에서 겪은 놀랍고 신기한 인연과, 바다가 경이로운 해방의 공간이라는 깨달음은 최혜원을 더욱 바다로 이끌었다. 그러다 정신을 차렸을 땐, 제 주에서 일 년 살이를 시작한 자신을 발견하게 되었다.

제주의 60개 부속 섬 중에서도 '문섬'은 최혜원이 사랑해 마지않는 장소다. 문섬의 바다는 스킨스쿠버들 사이에서 소문 난 다이빙 성지인 동시에, 그녀에게는 안방보다 편하고 익숙한 장소다. 육상보다 한 계절 늦게 변하는 바닷속 계절을 전부 꿰 고 있는가 하면, 형형색색의 연산호가 피어나는 장소와 시기 또한 모두 그녀의 머릿속에 있다. 문섬 바다의 아름다움을 완 성하는 장소 중 그녀가 가장 사랑하는 곳은 '한개창'이다. 문섬 바다 안쪽에 난 굴인 한개창은 바람과 파도, 조류의 영향을 적게 받아 그야말로 작은 생물들의 파라다이스가 조성되어 있다.

최혜원은 매일 그곳으로 잠수했다. 그리고 매일 새로운 깨달음을 가슴 속에 품고 뭍으로 올라왔다. 외국 바다에 푹 빠져 있던 그녀에게 제주의 매력적인 바닷속 풍경은 전혀 예상치 못한 반전으로 다가왔다. 외국 바다의 생태계와 피사체에 익숙해져 있던 터라, 제주도 바다의 생태계는 그야말로 별천지였다. 최혜원은 놀랍고 소중한 순간을 차곡차곡 쌓아 갔다. 왜 이제야 알았을까? 뒤늦게 제주 바다의 아름다움을 깨닫고 느낀 후회에는, 앞으로 새롭게 만날 생명체들에 대한 이른 반가움 역시 담겨 있었다.

최혜원은 의사로 살 때의 기쁨과 사진작가로 살 때의 기쁨을 서로 비교하지 않는다. 의사로서의 기쁨은, 환자를 치유해 주며 그녀의 내면 또한 성장했으니, 둘이 함께 나누는 기쁨이었다. 한편 사진작가로서의 기쁨은 작품을 찍고 그것이 누군가의 마음속에 울림을 주었을 때, 그녀 홀로 온전히 음미할 수 있는 기쁨이다. 과거와의 멋진 이별 후 새롭게 시작된 인생 2막 속에서 그녀가 바라보는 것은, 과거가 아닌 오직 오늘의 아침과 푸른 파도다.

재미있는 일, 결과는 알 수 없지만 도전할 수 있는 일. 최혜원은 계속해서 그런 상황 속으로 다이빙한다. 때론 그 과정이 힘들고, 원하는 결과물이 나오지 않을 때도 많다. 그러나 그녀는 그런 난관들을 피하고 싶다고만 생각하지 않는다. 부정적인 감정들도 결국엔 자신의 사진을 발전시킬 수 있는 좋은 거름이 될 것이라고 믿고 있다. 이런 자세로 계속해서 수중 사진 작업을 하다 보니, 그녀는 이제 여유를 온몸으로 느낄 수 있는 사람이 되었다. 파도가 높아 다이빙하지 못하는 날이면 작업을 하지 못한다는 강박에 휘말리지 않는다. 그저 가만히 앉아서 파도를 보며, 거대하고 장엄한 자연을 느낀다.

어떤 날은 바다 대신 삼나무 숲을 찾기도 한다. 숲에도 무궁무진한 생명체들이 살아가고 있다. 작은 꽃과 무심코 지나치는 풀잎 역시 제각각의 무늬와 색감을 가지고 있다. 그것들을 발견하고 피사체로 담으며 그녀는 다시금 자연의 경이로움을 실감한다. 가장 가까이 있고 가장 평범한 것이 제일 소중하다는 사실을 모두가 알았으면 좋겠다는 것이 그녀의 작은 바람이다. "이 일을 시작하면서, 행복하다는 말이 입버릇처럼 붙었어요." 자연이 숨겨놓은 보물을 매일 새롭게 발견하며, 그녀는 진심으로 행복한 하루하루를 보내고 있다.

자세히 보아야 아름답다

최혜원은 자신이 찍은 사진들로 개인 사진전을 열었다. 작품이 완성도 면에서 미흡해 보일지도 모른다는 고민은 잠시뿐이었다. 그녀는 작은 것들로부터 자신이 배운 교훈을 전시를 통해 사람들이 함께 느끼고 전율해 주길 바랐다. 문섬의 바닷속 풍경을 목격하며 느꼈던 기쁨을 잘 전달한다면 전시는 성공적일 거라고 확신했다. 광활한 바닷속에도 소소한 보통의 존재들이 살아가고 있고, 그것들 모두 각자의 아름다움을 가지고 있다는 것. 그리고 우리 역시 그 미물들과 다르지 않다는 것을 모두가 알아 주길 바라는 염원이 담긴 그녀의 첫 개인전은 성공적으로 막을 내렸다.

작은 피사체에게 관심을 가지고 마음을 내어주며, 그것만이 가지고 있는 고유한 아름다움을 발견할 수 있었던 최혜원. 그런 깨달음은 정신과 의사로 사람의 마음을 세세하게 들여다보던 인생 1막에서, 그 안에 아픔뿐만 아니라 형형색색의 다채로운 감정들이 공존한다는 것을 발견했을 때의 경험과 이어졌다.

"자세히 보아야 아름다워요."

삶에 대한 새로운 깨달음 속에서, 그녀는 사진작가 일을 더 빨리 시작했으면 어땠을지 생각해 보았다. 그러나, 지금에서야 시작한 것이 딱 적기였다는 것을 알게 되었다. 세상을 보는 그녀의 시각을 완성해 준 것은, 지금의 성숙한 나이와 삶의 경험이기 때문이다. 어린 시절에는 눈에 보이고 손에 잡을 수 있는 실질적인 것에 휘둘릴 수밖에 없기에. 그러나 이제 그녀에게는 그녀만의 방식으로 세상을 표현하고자 하는 확고한 신념이 있다. 여태 걸어온 삶이라는 긴 길과 그 길 위에 새겨진 발자취가 없었더라면 완성되지 못했을 신념이다.

사람의 마음을 들여다보고 보듬던 정신과 의사에서 작은 생명체가 가진 커다란 의미를 전달하는 사진작가로. 누군가를 치유하던 삶에서 자신을 치유하는 삶으로. 넓고 푸른 자연 속에서 찾아낸 최혜원의 인생 2막이 어떤 변화와 도전 앞에 놓일지. 수평선 너머에서 다가오는 파도를 빛나는 눈으로 바라보며, 최혜원은 기대와 설렘으로 가득 찬 하루하루를 보내고 있다.

저는 미래가 어떻게 전개될지는 모르지만

누가 그 미래를 결정하는지는 압니다

오프라 윈프리 *Oprah Winfrey*

도마로 새로운 삶의 의미를 배우며

지영흥

느티나무 도마에
예술을 입히는 장인
나무의 세월을 도마에 담다

세월의 아름다움을
세상에 드러내기 위해

전통과 세월의 흔적을 그대로 간직한 안동에 특별한 도마를 만드는 사람이 있다. 평범한 주방용품인 도마를 예술 작품의 경지까지 끌어올린, 도마 명인으로 불리며 인생 반전을 이뤄 낸 그는 지영홍이다. 그러나 지영홍은 명인이라는 칭호는 가당치도 않다며 손사래를 친다. 다만 모두에게 기쁨을 주는 도마쟁이가 되고 싶다며 순박한 웃음을 지을 뿐이다.

그의 도마는 어느 하나 같은 것이 없다. 모두 다른 모양과 색깔, 무늬를 가지고 있다. 각양각색의 도마들은 판매되는 상품이 아니라 하나의 작품처럼 보이기도 한다. 지영홍이 도마 장인으로 불리는 이유는, 나무 원목을 이용해서 도마를 직접 만들기 때문이다. 도마 제작의 모든 과정은 지영홍의 손을 거쳐 수작업으로 이루어진다.

지영홍은 도마를 만들 때 장갑을 끼지 않는다. 도마가 될 목재를 더욱 섬세하게 느끼기 위해서다. 그 탓에 손가락 마디를 잃는 큰 사고를 당하기도 했다. 자동톱으로 나무 도마를 재단하던 중 일어난 사고였다. 그런 큰 사고를 겪은 다음이라면 공포감 때문에 다시는 도마를 만들지 못하는 것이 일반적일 것이다. 하지만 지영홍에게는 큰 문제가 아니었다. 사건 당시에는 그럴 수 있다, 라는 긍정적인 마음가짐으로 치료를 받았고, 이후 곧장 도마 제작 작업에 복귀했다. 그가 느낀 불편함이라고는 상처가 아물 때까지 기다리는 것뿐이었다.

그 후로도 나무가 가진 감촉과 결을 살리기 위해서 계속 맨손으로 작업을 이어가고 있다. 나무를 자르고 사포를 이용해 갈고 닦기를 반복하다 보면 어느새 나뭇결과 모서리 곡선이 아름답게 모습을 드러낸다. 그 위에 천연 코팅제인 참기름을 바르고 지영홍이라는 이름 세 글자를 새겨 넣으면 마침내 도마가 완성된다. 그 누구의 도움 없이 온전하게 지영홍 홀로 완성한 결과물이다.

도마는 쉽게 만들어지지 않는다. 나무의 상태는 물론, 나무의 결까지 정확하게 파악해야 하고, 시끄러운 공구 소리와 쉼 없이 날아드는 나무 톱밥을 견뎌야 하는 고강도의 노동이다. 지영홍은 그 모든 것을 즐거이 감수하며 도마를 만든다. 일에 너무 몰입한 나머지 시간이 가는 줄도, 힘든 줄도 모를 정도다. 그렇게 몸과 마음의 고생을 삼키며 아름다운 도마를 완성하고 나면 지치고 힘든 마음도 금방 사라진다.

"자연이 준 아름다움을 제 손으로 완성하는 건 정말 큰 기쁨입니다. 아주 보람된 일이죠."

지영홍은 도마 재료로 수백 년 된 토종 느티나무 고사목만을 고집한다. 보통의 나무는 금방 자라는 속성수인 반면, 느티나무는 수백 년의 세월 동안 자라며 사계절의 환경 변화를 견디기 때문에, 나무 자체의 내구성이 높다. 그렇기에 지영홍의 도마는 외부 충격에 매우 강하다. 칼은 물론, 망치로 내려쳐도 파이거나 상처가 생기지 않는다.

좋은 도마를 위한 목재인 느티나무는 주로 산을 깎는 공사지에서 나온다. 목재상에게 고사목 느티나무를 발견했다는 연락을 받는 날이면 지영홍은 들뜬 마음을 안고 그곳으로 향한다. 길게는 200년 가까이 된 느티나무는 단단하면서 질기고 독성이 없어, 주방용품인 도마를 만들기에 안성맞춤이다. 일반 목재보다 5배 가까이 비싸지만, 지영홍은 느티나무가 품은 아름다운 무늬와 색감을 포기할 수 없다.

좋은 목재를 구한 날이면 지영홍은 돌아오는 길에서부터 도마를 만들 생각에 흥을 감추지 못한다. 이번에 구한 나무의 속에는 어떤 색과 문양이 담겨 있을지 궁금하고, 그의 손끝에서 어떤 도마로 완성될지 기대감에 가득 차는 것이다. 그렇게 작업실 옆 제재소에 도착하면 가장 먼저 느티나무를 얇게 자른다. 전문용어로 '나무를 켠다'라고 불리는 작업이다. 나무의 내부가 아름다운 도마를 만들기에 적합한지 확인하는 순간이기도 하다. 어떻게 켜는지에 따라 나무 단면의 문양이 달라지기 때문에 신중에 신중을 기한다.

물론, 모든 나무가 지영홍의 기대에 부응하지는 못한다. 이 일을 막 시작했을 무렵에는, 어렵게 구해온 나무가 전혀 쓸 수 없는 상태일 때면 깊은 좌절감에 잠겼다. 하지만 30여 년의 세월을 도마 만들기에 정진하며 지영홍은 그 역시 자연의 섭리임을 깨달았다. 이제 그는 나무의 상태가 좋지 않더라도 그 사실을 겸허히 받아들인다. 그리고 새로운 작업에 착수한다.

지영홍은 혹독한 자연 속에서 몸부림치며 자란 나무의 아름다움을 세상에 드러내도록 돕는다는 일념으로 도마를 만든다. 죽은 나무를 도마로 만들어 사람들에게 사랑받도록 하는 일은 그로 하여금 삶의 도리를 다하고 있다는 자부심을 느끼게 한다. 그의 도마가 사랑받는 이유는, 느티나무 특유의 묵직함과 고풍스러운 나뭇결무늬 덕분이니, 그의 자부심이 충분히 설명된다. 그가 만든 도마는 평균적으로 20만 원이 넘는 가격에 판매되지만, 사람들은 그 완성도에 감탄하며 기꺼이 도마를 구매한다. 하지만 이 금액은 제조 과정에 들어가는 품에 비해 터무니없이 저렴하게 책정된 것이다. 도마를 만들기 위해서는 문양, 색깔, 질감 등 조건에 맞는 목재를 공수해야 한다. 그렇게 엄격한 기준을 통과한 나무는 10년 이상의 건조 과정을 거친다. 이 과정을 견디지 못하고 뒤틀리거나 썩는 나무는 버려진다. 최소 10년 이상의 준비 과정과 큰 재료 손실률을 모두 따져 보았을 때, 지금의 판매가는 터무니없이 저렴하다. 그런데도 지영홍은 가격을 고수하고 있다. 많은 사람들이 좋은 도마를 쓸 수 있도록 하기 위해서다. 그의 물건에 대한 소문을 듣고 수백 명이 도마를 사기 위해 몰려든 것보다, 한 달에 3억이라는 놀라운 매출을 기록한 것보다, 오랜 세월 풍파를 견디며 만들어진 나무의 나이테에 담긴 사연을 세상에 알린 것이 그에게는 큰 기쁨이다.

자신이 직접 만든 도마를 보고 아름답다고 느끼는 것 또한 그 기쁨에서 비롯된 감정이다. 누군가는 좋은 재료와 정밀한 공구가 가장 중요하다고 생각할 수도 있겠지만, 지영홍이 도마를 만들 때 가장 중요시하는 것은 바로 그 감정이다. 재료의 품질이나 도마를 팔아서 벌게 될 돈이 아니라, 기쁨과 기대

를 품고 도마를 만드는 과정이야말로 도마를 완성하는 필수 요소다. 그 정성을 높게 사며 사람들은 그를 장인이라 부르고, 도마를 사기 위해 먼 걸음을 하는 손님들을 위해서 그는 지치지 않고 도마를 만든다.

기나긴 방황 끝에
느티나무를 만나다

도마 제작을 척척 해낼 정도로 재주 많은 그지만, 그 장인정신 뒤에는 도마와 함께 다듬어 온 거칠고 슬픈 과거가 숨어 있다. 사실 인생 1막에 지영홍은 지금의 재주와는 거리가 먼, 어둡고 험난한 삶을 살았다.

도마를 만들기 전, 지영홍은 안동에서 유흥주점을 운영했다. 주점이 입소문을 타고 유명해지며 지영홍은 큰돈을 벌 수 있었다. 생활은 호화로웠고 그의 사치와 물욕은 나날이 높아졌다. 유흥주점으로 돈을 벌기 전, 농업에 종사하며 땀 흘린 모든 고생을 이제야 보상받는다는 마음이 컸다. 주점 옆에 지인과 함께 나이트클럽 하나를 더 열고 난 후부터는 소비가 더욱 안하무인 해졌다.

지영홍이 돈을 잘 벌자, 그의 지인들은 그에게서 돈을 빌려 갔다. 대부분 도박에 사용하기 위한 것이었기에 되돌려 받기는 어려웠다. 결국 돈을 돌려받기 위해 지영홍은 지인을 따라 도박장에 출입하게 되었다. 그때 재미 삼아 몇 번 해 본 도박의 마성에 그는 흠뻑 젖게 되었다. 얼마 지나지 않아 지영홍은 도박에 중독되어, 가게는 물론이고 그 당시 소유하고 있던 안동의 가장 좋은 아파트와 대대로 물려받은 논까지 팔아 버렸다. 그는 자식들에게까지 씻을 수 없는 가난의 상처를 입히게 된 후에야 도박에서 겨우 도망쳐 나올 수 있었다.

삶은 막막하기 그지없었다. 결국 지영홍은 신경 안정제를 치사량까지 먹고 자살을 기도했다. 천운이 따랐는지 다행히 목숨에는 지장 없이 깨어났다. 삶의 희망을 모두 잃은 채 수렁에 빠져 가던 지영홍을 일으켜 세운 것은 바로 그의 아내였다. 아내는 혼수상태에서 깨어난 남편 지영홍을 붙잡고 간곡하게 부탁했다. 자식을 위해서라도 한 번 더 살아 보자고. 지영홍이 도박 중독에 허우적거리고 있을 때도, 어린 두 자녀를 돌보며 살림을 책임져 준 아내. 지치고 힘든 와중에도 자신에게 다시 한번 살아 보자는 용기를 북돋아 준 아내 덕분에 그는 오랜 방황을 끝냈다.

"아내를 위해서라도 더는 이렇게 살지 않겠다고 다짐했습니다."

지영홍은 산을 돌아다니기 시작했다. 돈도, 사회적 입지도 모두 잃은 처지였기에 첩첩산중을 돌아다니며 잃어버린 자신을 되찾으려고 노력했다. 그러던 중, 목재상이 쌓아 둔 느티나무를 발견했다. 그것이 그의 인생을 바꿨다. 느티나무 특유의 모양과 색깔, 품위와 격을 갖춘 매력에 빠진 지영홍은 직접 책을 구매해서 느티나무에 관해 공부했다. 느티나무가 나무 중에서는 가장 좋은 목재로 취급받는다는 것, 느티나무를 통해 질 좋은 가구를 만들 수 있다는 것을 알고는 가구 만드는 방법을 배우기 시작했다.

하지만 느티나무로 만든 가구는 대중적으로 쓰이기엔 너무 고가였다. 지영홍은 자신이 느티나무에 느꼈던 매력을 더욱더 많은 사람에게 알리길 원했다. 어떤 제품이 적합할까 고민에 고민을 거듭한 끝에, 가정집이라면 하나씩은 꼭 가지고 있을 도마를 떠올렸다. 느티나무로 도마를 만든다면 보다 많은 사람이 느티나무의 매력을 알 수 있을 것이라 확신했다.

지영홍은 도마를 만들기 시작했다. 가장 먼저 만든 도마는 지인들에게 무료로 나눠주었다. 도마를 받아 본 사람들 모두, 질이 정말 좋다고 입을 모아 칭찬했다. 더 만들어 줄 수 있겠냐고 부탁해 오는 사람도 많았다. 느티나무의 고유한 아름다움과 훌륭한 완성도 덕분에 지영홍의 도마는 입소문을 타고 유명해졌다. 그의 도마를 구매하려고 각지에서 안동까지 찾아오는 사람들도 생겼다. 유명한 요리사들도 그에게 도마를 부탁할 정도였다.

어두운 방황의 시기에서 벗어나 도마에 정진한 30년의 세월은 그에게 장인이라는 새로운 삶을 선물해 주었다. 지난 날을 떠올릴 때면, 행복함과 과분함을 동시에 느끼는 지금의 삶이 꿈처럼 느껴질 때도 있다. 세상을 다시 한번 살게 해 준 아내에게 고맙고, 어둠을 뚫고 재기에 성공한 자신이 자랑스러워서 눈물이 핑 돌기도 한다. 하늘이 준 행운에 감사하며 지영홍은 매일 매일 이렇게 생각한다.

'도마를 만들다가 내가 죽어도 좋다.'

평생 고마운 나의 가족

지영홍은 안동에 있는 고택을 작업실로 사용 중이다. 낙후된 고택을 직접 수리해서 마련한 공간이기 때문에, 구석구석에는 그의 흔적이 묻어 있다. 특히, 이름을 새겨 놓은 문패는 글씨체부터 예사롭지 않다. 굵고 힘 있는 한 획 한 획이 모여서 만들어진 글자는 높게 뻗은 나뭇가지처럼 부드럽고 유려하다. 사용하는 가구와 액자 역시 지영홍이 직접 만든 것들이다. 느티나무 가구의 고풍스러움 덕분에 집 내부의 분위기는 중후하면서도 특색 있다.

직접 만든 가구 중 가장 아끼는 것은, 그의 아내가 삶을 떠나기 전까지 사용하던 커다란 거울이다. 지영홍과 그의 아내는 이 거울을 '조선 체경'이라고 불렀다. 아내를 위해 만든 도마도 아직 그의 집에 남아 있다. 지영홍이 직접 만든 도마를 선물해 주었을 때, 아내는 그의 기나긴 방황이 비로소 끝났음을 실감하고 깊게 안심했다. 체경과 도마를 볼 때면 아내가 떠오르고, 그리운 마음을 떨칠 수 없다. 평생 고생만 시킨 아내에게 죽는 날까지 속죄하고 싶은 마음에 지영홍은 계속해서 그것들을 간직하고 있다.

지영홍의 아내는 그가 안동으로 이사 오기 전, 심근경색으로 유명을 달리했다. 증상이 발현된 지 한 시간도 지나지 않아 벌어진 일이었기에, 병원에 도착했을 때는 이미 손을 쓸 수 없는 상태였다. 꿈에도 생각하지 못했던 아내와의 사별에 지영홍은 황망함을 감출 수 없었다. 이제야 겨우 과거의 그늘에서 벗어났는데. 즐거운 삶을 선물해 줄 수 있었는데. 그 기회를 갑작스럽게 빼앗겨 버렸다. 모든 게 자신이 지은 죄 때문이라고 생각했다. 용서받지 못할 삶을 살아온 대가라고 생각하며, 매일 일기장에 용서를 구하는 내용을 적었다. 다시 수렁에 빠질 뻔할 때마다, 자신을 일으켜 세웠던 아내를 떠올렸다. 지영홍은 어떤 일이 있어도 무너지지 않겠다고 스스로 약속했다. 남은 삶을 열심히 사는 것이야말로 용서받는 길이라는 걸 일깨워, 쉬지 않고 몸을 움직여 하루하루를 알차게 채워 나갔다. 그럼에도 후회와 그리움으로 견딜 수 없이 쓸쓸해지는 날이면 아버지와 아내의 묘가 있는 동산을 찾는다.

아내가 떠난 후로는 아들 지일두의 존재가 어느 때보다 큰 원동력이 되어 주었다. 시간 날 때마다 아버지의 작업실을 찾는 아들은 무뚝뚝하지만 언제나 아버지를 진심으로 걱정하며, 고된 작업 환경을 조금이라도 편하게 바꿔 보자고 제안한다. 하지만 아무리 아들이라도, 지영홍의 고집은 꺾기 힘들다. 자기 손을 거치지 않으면 도마의 완성도를 신뢰할 수 없다고 그는 아들에게 핀잔을 준다. 하지만 지영홍도 아들의 다정한 마음을 사실은 잘 알고 있다. 그들의 대화 속에는 항상 서로를 위하는 마음이 가득 담겨 있다.

지일두는 아버지가 도박에 빠져 가족을 힘들게 만든 시절을 기억하고 있다. 초등학교 6학년일 때의 일이라 정확한 상황은 모른 채, 다만 집이 어려워졌다고 느낄 뿐이었다. 하지만 나이를 먹어 가며 상황의 내막을 알게 되었고, 그 수렁에서 벗어나 다시 일어난 아버지를 존경하게 되었다. 지일두 역시 어머니가 몹시 그립다. 그래서 지금 바로 곁에 있는 아버지를 더욱 챙긴다. 어머니의 죽음을 통해, 서로가 함께 할 수 있는 시간 속에서 최선을 다해야 한다는 것을 배웠기 때문이다.

한 자리를 지키는
느티나무처럼

후회가 없는 삶은 분명 아니었다. 지영홍이 걸어온 인생은 굽이굽이 도는 험한 길이었다. 한숨 돌리려 뒤를 돌아보면, 늦은 후회와 그리움이 사무치듯 몰려왔다. 몹쓸 짓을 참 많이 했다는 죄책감이 그를 괴롭게 했지만, 이제는 죄책감에 발목 잡히지 않는다. 주변 사람들이 그에게 건넨 물질적, 정신적인 도움 덕분에 그는 앞으로 나아갈 수 있었다. 지영홍은 남은 삶에 최선을 다함으로써 그 빚을 갚고 속죄하겠노라 결심하며 인생 2막을 시작했다. 그 결과, 도마를 만들기 전에는 상상도 하지 못한 날들이 지영홍의 삶에 펼쳐지게 되었다. 그렇기에 지영홍에게 매일의 하루하루는 무척 소중하다.

"수백 년의 세월 동안 한 자리를 지키면서 훌륭한 목재가 된 느티나무처럼, 저도 한결같은 도마쟁이가 되고자 합니다."

그것을 위해 힘이 닿는 데까지 도마를 만들겠다는 나름의 목표도 설정했다. 새로운 삶의 목표를 설정하고 미래까지 계획할 수 있도록 도와주었기에 느티나무와 도마가 그의 인생을 바꿨다고 해도 과언이 아니다.

나무의 결을 보기 좋게 정리하고, 울퉁불퉁한 부분을 둥그렇게 사포질하며 단 하나뿐인 도마를 만드는 일. 지영홍은 방황하며 거칠게 살아온 자신의 인생 역시 도마를 만들 듯, 단 하나뿐인 아름다운 작품으로 만들어 가고 있다. 사람들은 그의 정성에 감동하며 그를 지지하고 돕는다. 넓은 그늘 아래서 마을 사람들을 하나로 묶어 주는 느티나무처럼, 지영홍의 도마 또한 좋은 사람들을 모아서 지영홍의 인생 2막을 찬란하게 열어 주었다.

세상은 고통으로 가득하지만

한편 그것을 이겨내는 일로도

가득 차 있다

헬렌 켈러 *Helen Keller*

전문 경영인에서 한국화가로

이상표

55세,
대기업을 그만두고
멀어진 꿈을 붙잡다

대기업 임원이 되어서도
놓지 못한 꿈

그림을 시작한 지 5년 만에 유명 미술 공모전 두 군데에 동시 입선하며 미술계의 이목을 단숨에 집중시킨 신예 작가가 있다. 쉰이 넘은 나이에 그림으로 새로운 인생을 시작한 화가 이상표다. 깨끗한 도화지 위에 정성 들여 색을 칠하듯, 그는 인생 2막이라는 새로운 종이 위에 열정을 다해 꿈을 그리고 있다.

주목받는 신예 작가 이상표의 주요 장르는 '진경산수화'라는 한국화다. 자연의 풍경을 세밀하게 담아내는 것이 진경산수화의 특징이다. 따라서 진경산수화를 그리기 위해서는 아름다운 자연 경관을 찾는 답사가 필수적이다. 답사는 기상 상황에 따라 난이도가 좌우되는 일이지만, 화폭 위에 옮길 아름다운 경관을 목도하기 위해 이상표는 답사를 게을리하지 않는다. 답사 과정에서 발견한 아름다운 풍경은 사진으로 찍거나 스케치한다. 그 후 종이 위로 그 풍경을 세세하게 옮기는데, 이 과정에서 이상표만의 화풍이 더해지며 세상에 하나뿐인 그림이 완성된다.

쉰이 넘는 나이로 그림을 시작했을 때는 대회나 공모전 입선은커녕, 작품 하나를 제대로 완성할 수 있을지 걱정스러웠다. 하지만 화가의 꿈을 이루기 위한 그의 끝없는 노력은 불가능해 보이는 도전을 가능하게 만들었다. 무심코 지나칠 수 있는 일상 속 풍경을 애정 어린 시선으로 관찰하고, 완성된 그림에 고심하여 제목을 붙이는 모든 노력의 과정이 이상표의 그림을 작품으로 만들었다.

이상표가 쉰이 넘은 몸을 이끌고 온종일 그림을 그릴 수 있었던 원동력은 어린 시절부터 품어 온, 그림에 대한 갈망 덕분이다. 어렸을 적, 친구들과 만화 보는 것을 좋아했던 그는 점차 만화를 따라 그리는 것에도 매력을 느꼈다. 좋은 그림이 있으면 본떠 그렸고, 좋은 풍경이 있으면 흉내 내어 그렸다. 노트와 교과서의 빈틈은 어느새 그림으로 빼곡하게 채워졌다. 낙서했다는 이유로 학교에서 체벌을 받기 일쑤였지만, 그런 것쯤은 어린 이상표의 열정을 막을 수 없었다.

하지만 그는 어쩔 수 없이 그림과 멀어져야 했다. 5남매 중 장남으로 태어난 그에게는 언제나 가족의 생계를 책임져야 한다는 의무감이 따라붙었다. 그림은 어디까지나 취미의 선에서 마무리 지어야 했고, 미대를 지망하는 일은 얼토당토않은 소리였다. 그렇게 이상표는 부모님의 바람대로 공대에 진학했다. 그림을 향한 사랑을 누그러트리지 못한 상황 속에서도 공부에만 매진했고, 그 결과 굴지의 기업인 삼성에 입사했다.

1983년, 삼성그룹에 입사한 이상표는 2015년에 퇴직했다. 직장에서 보낸 32년 중 14년 동안은 포르투칼, 태국, 미국, 중국 등 세계 각지를 돌아다니며 회사 최초로 해외 공장을 설립시켰다. 그 성과를 바탕으로 전무라는 직함까지 달 수 있었다. 그렇게 누구나 부러워할 대기업 임원이 되었지만, 마음 한 구석은 이루 말할 수 없이 허전했다. 화가라는 꿈과 점점 멀어지고 있었기 때문이다.

매일 새벽같이 일어나 오전 회의에 참석하고 이후의 업무를 이어가는, 반복되는 일상 속에서 꿈은 그저 꿈으로 남게 될 것만 같았다. 현실에 부딪혀 이루지 못한 꿈에 대한 아쉬움을 달래기 위해, 이상표는 좋은 그림이 있다는 전시회라면 어디든 찾아다녔다. 그림 앞에 하염없이 서서 '언젠간 저런 그림을 그리게 될 수 있을까.' 생각했다. 회사에서도 틈나면 그림을 그렸다. 누군가에게는 낙서처럼 보였을지는 몰라도, 이제 와서 생각해 보면 그 모든 과정이 꿈을 놓치지 않으려는 그만의 노력이었다.

그렇게 근근이 노력해 나가던 어느 날, 더 늦었다간 영영 그림을 못 그릴 것 같다는 생각이 이상표의 뇌리에 스쳤다. 남들이 보기에는 충분히 성공한 삶이었지만, 그는 꿈을 찾아 떠나고 싶었다.

"남은 인생을 몽땅 바치겠다는 각오로 시작했습니다."

결국 그 길로 이상표는 과감하게 회사 생활을 정리했다. 그리고 그림에 몰두했다.

끈질긴 연습, 또 연습

회사를 정리하고 그림을 그리기 시작했던 2018년 무렵, 이상표는 화가인 동생 이상윤의 화실에서 거의 살다시피 생활했다. 이상윤은 어릴 적에 형과 함께 그림을 그리며 화가의 꿈을 키웠다. 그 꿈을 잃지 않고 마침내 전업 화가이자 대학교수가 된 그는 그것이 형의 희생 덕분이라는 것을 잘 알고 있었다. 그래서 이상윤은 회사를 그만두고 온 형 이상표의 곁을 2년간 지키며 함께 그림을 그렸다.

인정받는 화가이자 든든한 지원군인 동생과 함께 이상표는 점차 성장했다. 동생의 화실에서 그림을 그리기 전까지만 해도 이상표는 자주 좌절에 빠졌다. 아무리 보아도 자신의 그림 솜씨가 형편없었기에 계속 벽에 부딪히는 느낌을 받았고, 그림 하나를 채 끝내지도 못하고 포기하게 되었다. 하지만 동생과 함께 그림을 그리기 시작한 후로는 떳떳한 형이 되기 위해서라도 노력을 게을리할 수 없었다. 그는 오전 8시 30분에 화실에서 나와, 늦은 저녁까지도 계속 그림을 그렸다. 그러는 사이, 이루지 못했던 꿈에 대한 갈망이 점차 그의 열정에 불꽃을 일구었다.

이상표가 주력하는 진경산수화는 넓은 풍경을 그려야 하기에, 작업 내내 줄곧 서서 종이를 위에서 내려다봐야 한다. 1년 가까이 매일 10시간 동안 서서 그림을 그리는 형을 보며 이상윤은 놀라움을 금치 못했다. 고된 작업으로 무릎에 인공관절 수술까지 하고도 그림을 놓지 않는 형을 보며, 이상윤은 그를 한 명의 예술인 동료로 인정했다.

그렇게 온 마음을 다해 그림을 그리며, 이상표의 실력은 비약적으로 성장했다. 쉬운 그림에서 조금 더 어려운 그림으로, 풍경을 그대로 따라 그리는 그림부터 화가로서의 주관을 더해

서 묵직한 감동을 주는 그림으로, 점차 발전했다. 붓과 연필이 닳아가는 만큼 실력은 늘었고, 그림을 통해 이루고자 했던 화가로서의 인생 2막도 점차 가깝게 다가왔다.

그리고 그 꿈은 인생의 은사를 만나며 현실로 이루어졌다. 이상표의 은사는 청와대 본관 로비에 걸린 진경산수화 〈서울-인왕산〉을 그린 화가 오용길이다. 진경산수화의 거장이라 불리는 오용길의 가르침 속에서 이상표는 올바른 그림의 길을 찾게 되었다.

두 사람이 실제로 만난 것은 2015년, 이상표가 오용길의 아카데미에서 교육을 받게 되었을 때지만, 사실 이상표는 그보다 훨씬 더 전부터 오용길을 스승으로 생각해 왔다. 1983년, 그림을 그저 꿈으로 품고 살던 시기에 이상표는 오용길의 그림을 보고 단번에 반했다. 그래서 그의 도록을 전부 사서 흉내 내고 연습했다. 그의 스승 오용길이 항상 강조했던 것은 풍경을 그대로 답습하는 것이 아니라, 그 위에 화가의 주관을 더해서 자연을 새롭게 구성한 화풍을 완성하는 것이었다. 그야말로 교과서이자 바이블이었던 화가의 제자가 된 후 이상표는 스승의 가르침을 모두 자기 것으로 만들기 위해 더욱 노력했다.

끈질긴 연습 끝에 이상표는 스승의 뒤를 따라 인정받는 화가가 될 수 있었다. 5년 후, 두 개의 국가 공모전에 입상한 것이다. 공신력 있는 국내 미술 대회인 '대한민국 미술대전'과 사실주의 미술 단체 '목우회' 공모전에 입상하며 신예 화가 이상표가 세상에 알려지기 시작했다. 우연히 가게 된 고즈넉한 계곡 풍경을 담은 〈조우〉, 산사에 방문했을 때 본 우물의 풍경을 담은 〈소통〉이 이상표의 수상작이자 대표작이다. 이상표의 열정과 진심이 담겨 있었기에, 작품의 완성도는 뛰어났다.

이상표는 아직도 배움에 대한 갈증이 있다. 여전히 하나라도 더 알고 싶은 마음이 굴뚝같아서, 시간이 날 때마다 오용길을 찾아가거나 연락을 한다. 이런저런 질문을 해도 스승은 귀찮은 티 하나 없이 따스한 충고를 해 주고, 날카로운 지적도 아끼지 않는다.

오용길의 충고와 지적은 이상표가 화가로서 내딛는 걸음에 큰 용기가 되고 있다. 여전히 고칠 점이 많아 보이는 제자지만, 오용길은 이상표의 집념과 표현력을 높이 산다. 처음 그에게 그림을 배우러 왔을 때부터 나름대로 가지고 있던 이상표만의 표현력이, 그림 수련을 게을리하지 않는 그의 성실함 덕분에 완성되었다고 오용길은 회고한다. 길을 알려준 스승과 길을 만들어 가는 제자는 이렇듯 오래도록 소중한 인연을 이어오고 있다.

화가가 된 후, 이상표의 오랜 버킷리스트였던 개인 전시회

도 성황리에 막을 올렸다. 혼신의 힘을 다해 그린 70여 점의 작품들이 150평 대형 전시장을 가득 채웠다. 이상표의 첫 개인전이 열린 서초동의 갤러리는 그 누구보다 먼저, 이상표의 작품이 가진 진가를 알아본 곳이다. 1년에 100회 정도 전시를 진행하는 이 갤러리에 그림 걸기를 원하는 작가는 800여 명이 넘는다. 그만큼 엄격한 기준으로 전시회장을 대관해 주기로 유명한 곳에 이상표는 과감하게 자기 작품을 보여 주었다. 대관 실장은 그림을 보자마자 그 완성도와 화풍에 반해 버렸고 그는 전시 경험이 한 번도 없는 신인 작가인 이상표에게 대관 공고 때 부디 작품을 접수해 달라고 부탁했다.

이상표가 미술 전공자는 아니지만 그의 그림에 담긴 섬세한 표현력과 따스함은 대관 실장을 비롯한 전시회장 관계자들을 단순에 사로잡았다. 대중과 평단도 마찬가지였다. 반짝이는 신예 화가에게 무수한 축하와 언론의 인터뷰 요청이 이어졌다. 치열하게 준비한 70여 점의 그림을 공신력 있는 전시장에 건 경험은 화가로서 이상표의 발자취에 의미 있는 한 걸음을 더해 주었다. 그 전시에서 이상표는 무려 40개의 작품을 판매하는, 신인에게는 마냥 놀라운 기록을 세웠다. 이상표만의 화풍이 대중에게도 인정받은 것이다.

지금 시작해도
전혀 늦지 않았습니다

성공적인 개인전 개최 후 이상표는 그의 대표작 〈조우〉를 전 직장에 기증하기로 했다. 30년간 몸담았던 직장 건물 로비에 〈조우〉가 설치된 모습을 보았을 때, 이상표는 이루 말할 수 없는 뭉클함을 느꼈다. 청춘과 열정을 바친 회사에 그림을 걸었을 때에서야 비로소 바라던 일이 이루어졌다고 느꼈기 때문이다. 그는 국가 공모전에 작품이 당선되어 화가가 된 순간부터, 직장에 자신의 그림을 걸겠다고 결심했다. 좋은 사람들과 좋은 회사를 만들 수 있던 것에 대한 감사함과, 몸은 떠났어도 마음은 남아있다는 것을 알리고 싶은 마음이었다.

센스쟁이, 성실함의 아이콘, 동료와 함께 호흡하는 임원으로 불리며 모든 직원에게 귀감이 되었던 이상표는 이제 직원들 인생의 롤모델이 되었다. 이상표의 후배 이주희는 퇴사 후 삶의 방향을 잃지 않고 목표를 이루어 낸 선배를 보며 자신의 인생 모토를 정했다. 후배 최윤주 역시, 미래에 대한 막연한 걱정을 떨치고, 자신이 무엇을 좋아하는지 계속해서 찾겠다는 다짐을 할 수 있었다.

이상표의 주변인들은 그의 성공을 진심으로 축하해 주었

다. 고교 동창이자 오랜 친구인 이영복은 이상표가 어릴 적부터 가지고 있던 재능을 꽃피운 것이 감격스럽다고 말한다. 사회생활을 하기에도 녹록지 않았을 텐데, 어딘가에 정체되지 않고 계속해서 완숙해지는 친구를 보며 삶의 새로운 동기를 얻기도 했다. 이는 이상표에게도 앞으로 나아갈 수 있는 열정이 되었다.

이상표의 전 직장 동료이자 퇴직 후 사진작가가 된 김종범도 그의 성공을 진심으로 축하하는 사람 중 한 명이다. 좋은 진경산수화를 그리기 위해서는 소재가 될 풍경을 사진으로 아름답게 담아야 하기에 이상표의 답사에는 김종범이 동행하기도 한다. 김종범 역시 취미였던 사진을 퇴직 이후 열정적으로 공부해 작가가 되었기에, 두 사람은 공감대가 많다. 둘은 서로의 인생 2막을 응원하며, 힘을 합쳐 좋은 작품을 만들어내고 있다. 오직 두 사람이 함께일 때만 가능한 목표도 꿈꾸고 있다. 바로 공동 전시회 개최다. 이상표는 그림을, 김종범은 사진을 전시해서 사람들에게 새로운 감동을 주겠다는 목표를 위해 두 사람은 각자의 예술 작업에 열과 성을 다하고 있다.

이상표는 주변 사람들이 자신을 통해 인생 2막의 방향성을 생각하게 된 것이 좋은 현상이라고 생각한다.

"지금 시작해도 전혀 늦지 않았어요. 막상 일이 닥쳐서 생각해도 늦지 않았어요. 다만 그 꿈과 뜻을 정한 후에는 미친 듯이 몰입하고 도전하는 자세가 필요합니다."

이제 그는 고민하는 누군가의 길이 되어 주고 있다.

인생이라는
한 폭의 아름다운 그림

인정과 성취에 안주하지 않고, 이상표는 매 순간 한 단계씩 성장하고 있다. 한국 대표 미술 단체 '목우회'가 개최하는 '무아프전'에 그림을 출품한 것 역시 그 과정 중 하나다. 엄격한 심사를 통해 전시를 개최하는 '무아프전'에 이상표는 당당히 이름을 올렸다. 불과 5년 전까지만 해도 이상표는 자신의 그림이 역사와 전통을 가진 '무아프전'을 통해 예술의 전당에 전시될 것이라고는 상상도 하지 못했다. 많은 이들의 관심과 좋은 평가는 상상해 본 적 없는 일이었다. 더 노력해야 할 것 같았고, 갈 길은 아직도 까마득하게 느껴졌다. 어디서부터 시작해야 할지 막막했던 처음이었지만, 꿈을 향해 과감하게 도전한 결과 성취는 눈앞의 생생한 현실로 다가왔다.

100세 시대에 평생 한 직업을 가지고 살기란 불가능에 가깝다. 몸담았던 일터를 떠나 새로운 직업을 가질 수 있을 것이란 보장 또한 불확실하다. 하지만 이상표의 인생 2막은 많은 이들에게 희망을 주고 있다. 현실과 가족을 위해 참아 온 꿈을 펼쳐 화가로 불릴 수 있게 된 모습, 대중에게 더 큰 감동을 주기 위해 끊임없이 노력하는 모습을 통해 그를 응원하는 사람들이 많아질수록 그의 작품에 담긴, 도전을 향한 열정과 희망 역시 더욱더 짙어지고 있다.

작은 참새 한 마리를 그리는데도 처음에는 점 하나, 선 하나를 어떻게 해야 할지 망설이기 마련이다. 처음은 누구에게나 어렵기에 용기를 내 나가다가도 뒷걸음질 칠 수밖에 없다. 그러나 뒷걸음질에서 포기하지 않고 계속 앞으로 나아가면, 그림은 어느 순간 완성되어 있을 것이다. 화가 이상표의 인생은 그렇게 완성된 그림이다. 서툴러 보이지만 그 안에 담긴 아름다움은 무엇과도 비교할 수 없기에 그것을 보는 사람들도 인생에 대한 희망을 가슴 속에 자그맣게 품게 된다. 이상표의 인생 2막은 우리에게 인생이라는 그림을 제대로 그리는 방법을 알려 주고 있다.

당신이 정말로 뭔가를 원한다면

기다리지 마라

견디지 못하는 법을

스스로에게 가르쳐라

구르박쉬 차할 *Gurbaksh Chahal*

의류 판매업에서 머슬 모델로

장래오

57세에 운동 입문으로
머슬 퀸까지
완전히 바뀐 인생의 무대

아시아 최고령 머슬 퀸

100세까지 살 수 있다는 말은 이제 더 이상 놀랍지 않다. 의학의 발달로 100세 너머의 삶까지도 기대할 수 있게 되었다. 기대 수명이 늘어났으니 어떻게 하면 활기찬 노년을 맞을 수 있는지에 대한 고민을 우리는 시작해야 한다. 삶의 시간만 연장되었을 뿐, 노화는 그대로 진행된다면? 건강관리를 못해서 세월이 이끄는 대로 늙어 간다면? 백세시대를 맞은 21세기 시니어들은 문명의 혜택을 적극적으로 누리기 위해 필요한 새로운 과제를 해결해야 한다. 바로 '길어진 삶을 의미 있고 건강하게 보내는 방법' 찾기다.

57년생, 올해 만 64세가 된 장래오는 '아시아 최고령 머슬 퀸'이라는 타이틀을 갖고 있다. 처음 운동을 시작한 나이는 57

세웠고, 그로부터 9년 동안 꾸준히 운동하며 근육을 만든 결과, 각종 머슬 대회가 그녀를 주목하기 시작했다.

적지 않은 나이에 운동을 시작했기에, 장래오는 남들보다 더 피나는 노력으로 몸과 마음을 수련하고 견뎌야 했다. 활기차고 해맑게 웃으며, 아름다운 의상을 입고 화려한 무대에 서는 머슬 퀸 장래오도 이 자리에 오기까지는 남다른 고충, 운동을 꿈꾸지도 못했던 과거가 있었다. 못할 것 같은 공포를 이겨내야만 했던 시절, 세상이라는 무대에 나오기로 결심한 것은 절대 쉽지 않은 선택이었다. 무기력의 늪에서 빠져나와 자신만의 빛나는 삶의 무대를 꾸며낸 것이기에 지금의 찬란한 순간들이 그녀에게는 더욱 소중하다.

망가진 몸을 이끌고
운동을 시작하다

인생의 황금기라고 할 수 있는 한창일 나이 서른여덟에 장래오는 아찔한 교통사고를 겪었다. 안전벨트를 매고 있어 다행히 목숨을 잃지는 않았으나 사고의 여파로 쇄골이 부러졌고 뼈를 원래의 모습으로 되돌리기 위해서 세 대의 철심을 넣는 큰 수술을 받았다. 다행히 수술 경과가 좋아서 철심 하나는 제거했지만, 아직 두 개는 그녀의 쇄골에 남아 있다. 그리고 성공적인 수술 결과와는 별개로 장래오는 사고 후유증을 앓게 되었다.

"이런 몸으로 뭘 더 할 수 있을지. 미래를 생각하면 그저 깜깜하기만 했어요."

그런 장래오를 더욱더 심란하게 만든 건 남편의 씀씀이였다. 부유한 집에서 부족함 없이 자란 남편은 소비의 스케일이 남달랐다. 경제 관념이 너무 다른 남편과 재정적인 부분에서 사사건건 부딪히는 것에 피로를 느낀 그녀는 결국 직접 생활 전선으로 뛰어들었다.

가게를 얻을 돈은 없으니 집에 옷을 가져다 놓거나 직접 제작을 해 팔았고, 아동 서적 방문 판매, 부동산 업무 등 그야말로 닥치는 대로 일을 해서 돈을 벌었다. 엄마였기에, 두 아들을 위해서는 못할 것이 없었다. 하지만 자기 몸은 돌보지 않고 오로지 돈만 바라보던 장래오의 몸은 눈치채지 못하는 시간 동안 서서히 망가져 가고 있었다. 뒤늦게 다양한 재활을 시도해 보았으나, 신경이 죽어서 예전 같지 않은 몸 때문에 대인 기피증까지 생기게 되었다. 사람을 만나지 않으니 살도 찌고, 관절에 무리가 가며 몸은 더더욱 안 좋아지는 악순환에 빠졌다.

그렇게 검은 그림자에 잠식당하던 그녀를 삶의 양지로 이끌어준 은인이 있다. 각종 피트니스 대회에서 두각을 드러낸 전문 트레이너, 아들 이성현이다. 그가 어머니에게 운동을 제안한 건 단순히 건강 관리 차원의 목적을 넘어 어머니를 구하기 위한 것이었다. 장래오는 점점 삶에 미련이 없는 사람처럼 행동하기 시작했다. 자신이 갑자기 사라진다고 하더라도 아무런 문제가 생기지 않도록 매일매일 삶을 정리하며 살았다. 자식들과도 함께 미래를 논의하기보다는, 그녀가 더 이상 해줄 수 없는 것에 대해 말할 뿐이었다. 그러는 사이 돈은 계속 벌어야 해서 일에 매진하다 보니, 장래오는 점점 악에 받친 성격으로 변하고 있었다.

'지금 엄마가 죽어가는 게 보이는 거 같아. 어서 원래의 건강했던 엄마로 돌아왔으면….'

엄마를 위해 종이 위에 진심을 꾹꾹 눌러 담아 편지를 쓴 아들. 건강한 엄마를 원한다는 아들의 한마디가 장래오의 마음을 움직였다. 그리고 다시 건강을 되찾기로 아들과 약속했다. 그녀가 운동을 시작한 계기는 다름 아닌, 삶과 죽음의 경계에서 사랑하는 자식이 내민 손이었다.

장래오는 그간 벌어 두었던 일을 모두 그만두었다. 큰 손해를 보긴 했지만, 아들과의 약속을 지키고 싶었다. 그리고 곧장 아들이 일하는 헬스장에 매일 출석 도장을 찍기 시작했다. 악화될 대로 악화된 건강과 처음 하는 운동에 팔다리가 마음 대로 움직이지 않았지만, 매일 같이 자신을 설득하는 아들의 정성을 위해서라도 장래오는 힘을 냈다. 처음에는 아들이 금방 자신을 포기할 거라고 생각했다. 수행 능력이 상당히 부족했기 때문이다. 하지만 아들은 끝내 엄마를 포기하지 않았다. 직접 손을 잡고 걸어갈 테니 한 걸음씩 뒤따라 걸어와만 달라는, 아들의 간곡하고 사려 깊은 부탁에 그녀 역시 멈추지 않았다. 그 노력의 결과는 놀라웠다. 안 아픈 곳이 없던 그녀가, 아픈 곳 하나 없는 건강한 몸을 가지게 된 것이다. 기적이라고 부를 수 있는 변화였다.

"트레이너 생활을 하면서 본 회원 중에 가장 열정적인 사람은 엄마예요."

이성현의 말처럼, 장래오는 온 힘을 다해 운동에 뛰어들었다. 아들이지만 이성현을 선생님으로 존중하며 대우했고, 성현이 보여준 동작을 최대한 비슷하게 따라 하려고 노력했으며, 하지 말라는 것은 하지 않았다. 그날의 트레이닝 내용을 예습해 가는 자세까지 갖추었으니, 배움의 자세가 아주 훌륭한 학생이었다. 장래오에게 일어난 기적의 원인은 아들의 지극한 마음 덕분이기도 하겠지만, 운동을 통해 무언가를 배우려고 꾸준하게 노력한 그녀에게도 있다.

장래오는 이제 그 기적을 나누고 있다. 아들 성현이 운영하는 영상 채널에 직접 출연한 운동 영상을 올리는 것이다. 반응은 뜨거웠다. 하루에 수백 명씩 증가하는 구독자 덕분에 채널 주인인 이성현은 자다가도 일어나 채널 현황을 확인하며 얼떨떨해했다. 장래오가 출연한 영상을 보고, 난생처음 운동을 시작하려고 이성현의 헬스장으로 찾아오는 사람이 있을 정도였다. 각종 모바일 채널 메인에 소식이 올라가자 지인들의 연락도 빗발쳤다.

인생을 바꾼 머슬 대회

늦은 시작이었지만 장래오는 꾸준한 노력과 운동으로 모두가 부러워할 몸을 가지게 되었다. 신체의 변화도 아주 컸지만, 운동으로 인한 진정한 변화는 삶 자체에 일어났다. 180도 달라졌다고 할 수 있을 정도다. 꾸준하게 건강을 관리해야겠다는 자신과의 약속으로 시작했을 뿐 원대한 목표를 가지고 운동을 시작한 것은 아니었기 때문에 사실 그녀조차 자기 삶이 이렇게 뒤바뀔 것이라고는 전혀 예상치 못했다. 그녀의 삶을 변화시킨 건 바로, 머슬 대회였다.

어느 날부터, 장래오는 머슬 대회에 출전하는 선수들의 몸과 그녀의 몸이 크게 다르지 않다는 것을 느꼈다. 어떤 때는 자신의 몸이 선수 못지않아 보이기도 했다. 그런 그녀의 마음을 알아차린 것처럼 주변에서는 머슬 대회에 한번 나가보라는 제안이 잇달았다.

당시 한국에는 시니어 머슬 대회가 거의 열리지 않아 시니어 머슬 선수들의 주 활동 무대는 대부분 외국이었기 때문에 대회에 나가야겠다고 마음먹자, 한국 여성 시니어의 힘을 세계에 보여줘야겠다는 목표가 그녀의 가슴속에서 이글이글 타올랐다. 출전한 전문 선수들과 장래오의 몸은 크게 다를 바 없었다. 난생처음 입어보는 비키니가 어색하고 쑥스러웠지만 그런 마음은 무대 위에서 밝은 조명을 받으며 관객들의 박수 소리를 듣는 순간 말끔하게 사라졌다. 물론 첫 출전이었기에 무대 경험이 부족하고 포즈를 취하는 것에 미숙하여 좋은 결과를 거두진 못했다. 그러나 아쉬움은 없었다. 첫 대회에서 할 수 있는 모든 것을 다 하고 왔기 때문이다. 오히려 경험을 거듭할수록 발전하게 될 자신의 모습이 더욱 기대되었다. 이후로도 수상을 목표한 것이 아닌, 더욱 근사해질 자신의 모습을 기대하며 여러 차례 세계 대회에 출전했다. 점차 경험이 쌓였고 무대에서 능숙한 매너를 선보일 수 있게 되었을 즈음 마침내 결정적인 성과가 찾아왔다. 3번째로 참가한 라스베이거스 대회에서 3위에 등극한 것이다. 장래오보다 훨씬 어리고 경험도 많은 선수들이 참가한 대회였다. 젊은 선수들과의 신체적 차이는 좁히기 힘들었던 터라 더욱 감격스러웠다. 장래오는 그때 처음으로 스스로가 자랑스러웠다. 그러한 자존감으로부터 오는 행복이 다른 무엇과도 비할 수 없다는 것을 알게 되었다. 이후 장래오에게는 온 세상이 무대가 되었다.

180도 달라진 삶 속에서 그녀의 역할은 비단 머슬 대회 선수에서 그치는 게 아니라 그녀는 머슬 대회의 심사위원으로도 영역이 확장되었다. 근육의 모양과 포즈를 날카로운 눈으로 살피고, 동시에 운동이라는, 자신과의 끈질긴 싸움에 뛰어든 동지에게 따뜻한 미소를 보내며 인생 선배의 모습을 보여주고 있다. 그녀에게 머슬 대회는 선수와 심사위원의 위계적인 만남이 아니라, 꾸준한 노력이라는 공통점을 지닌 동료들의 연대의 장이다.

아직 완전히 달라진 인생에 적응하며 수많은 역할을 소화해내느라 쉴 새 없이 바쁘지만, 자신을 찾아주는 사람이 있고 자신이 필요한 자리가 있다는 것만으로도 장래오는 너무나 감사한 마음이다. 인생의 황금기란 바로 지금이라고 감히 말할 수 있을 정도다.

"인생은 내게 너무나 즐거운 무대입니다."

장래오가 세계 무대에서 시니어 머슬 모델로 두각을 나타낸 덕분에 국내 머슬 대회에서도 시니어 모델 부분이 만들어졌다. 한번 물꼬가 터지자 시니어 모델들의 도전이 엄청나게 몰려들기 시작했다. 그들에게 장래오는 어쩌면 평생 겪어 보지 못했을 경험을 할 수 있게 만들어준 개척자이자 은인이다. 여전히 국내 시니어 머슬 모델 인프라는 부족하지만, 후배들의 인생 제2막을 위해 장래오는 손발을 걷어붙이고 있다. 영상을 보고 헬스장으로 찾아오는 후배 시니어들, 장래오가 강사로 일하는 시니어 모델 아카데미의 수강생들, 처음 시작하는 단계의 시니어들에게서 그녀는 과거 자신의 모습을 본다. 그들에게 시행착오 끝에 터득한 노하우를 아낌없이 전수하고, 필요한 물건까지 따로 준비해주는 이유는, 아들의 도움과 따스한 응원이 없었더라면 자신 역시 도전 자체가 불가능했을 거라는 걸 잘 알고 있기 때문이다. "하루라도 더 일찍 나를 사랑하세요." 장래오씨가 백세시대를 살아갈 모든 시니어에게 전하고 싶은 말이다.

매일 꾸준하게 조금씩
나를 사랑하기

운동을 하며 인생이 바뀌니 이제 그녀는 하고 싶은 일이 너무나 많아졌다. 그중 하나는 바로 시니어 모델이다. 머슬퀸으로 무대에 자주 서다 보니, 평생 한두 번 방문할까 말까 한 드레스숍을 집처럼 자주 드나들면서 옷 입는 만족감을 알게 된 것이다. 무대에 서야 할 때면 그녀는 언제 들어도 설레는 단어인 드레스를 여러 차례 고르고 입어 보며 다양한 포즈를 연습했다. 디자이너가 한 땀 한 땀 수를 놓은 드레스가 자기 몸 위에서 진가를 뽐낼 때 장래오씨는 큰 행복을 느꼈다. 오롯이 스스로만의 인생을 살고 있다는 기분이었다. 그 과정에서 자연스레 시니어 모델을 꿈꾸게 된 것이다. 과거에 의류 판매를 했던 경험도 떠올랐다. 예전에는 옷을 팔았다면, 이제는 예쁜 옷을 마음껏 입는 모델이 되고 싶었다. 그러면서 또래와 소통도 할 수 있고, 평생 직업도 될 수 있는 시니어 모델은 그녀의 마음을 사로잡았다.

새로운 꿈을 갖게 된 후로 장래오는 시니어 모델 학원에서 2년째 꾸준히 수업을 받는 중이다. 든든한 지원군들을 만나기도 했다. 서로 태닝 자랑, 근육 자랑하기 바쁜 친구들이 바로 그들이다. 장래오 또래의 시니어 여성들이라면 만나서 배우자

나 자식 이야기를 할 텐데, 이들에게 그 주제는 관심 밖이다. 어떻게 식단을 구성했는지, 어떤 운동을 하는 중인지에 관해서만 이야기한다. 이따금 별종처럼 느껴지는 자신의 존재에 굳건한 확신을 심어주는 장래오의 든든한 지원군. 그들 또한 시니어 머슬퀸인 장래오를 동경해 왔다. 그들이 운동을 시작하게 된 계기 역시 장래오가 보여준 인생을 바꿀 수 있는 의지 덕분이라고 하니, 서로가 서로에게 긍정적인 영향을 주는 친구들이 아닐 수 없다.

장래오의 새로운 꿈인 모델은 머슬 퀸만큼이나 어려운 도전일 것이 분명하다. 하지만 장래오에게 그런 것쯤은 주저할 이유가 되지 않는다.

'꾸준하게 매일 조금씩.'

처음 운동을 시작했을 때 그녀가 세운 좌우명이다. 꾸준히 9년을 보내자 눈부신 성과를 볼 수 있었다. 어느 날 전신 거울 앞에서 마주한, 낯설지만 아름다운 자신의 몸. 탄탄한 근육과 아름다운 S라인이 새겨진 장래오의 몸은 예쁘다거나 멋지다는 말로는 부족한, 꾸준한 노력의 결과였다. 이미 한 번 놀라운 기적을 경험한 그녀에게 도전에 대한 두려움은 이제 없다. 인생 2막은 오롯이 그녀 자신의 것으로 살아보기로 했고, 그 시간 동안 '자신을 사랑해야 한다'는 것이 그녀의 새로운 좌우

명이다.

무대에 선 경험은 인생의 에너지를 바꾼다고 장래오를 포함한 시니어 모델들은 말한다. 운동을 통해 몸이 달라지며, '나'라는 존재 또한 달라지고, 그 변화는 인생이라는 거대한 흐름을 바꾼다. 너무 늦지 않게 건강의 소중함을 깨닫고 자신을 더 사랑하게 된 그들의 인생 2막은 젊은 날보다 더욱 찬란하게 빛날 수 있다. 장래오는 바로 그렇게 새로운 인생을 시작한 시니어이며, 그중 누구 못지않게 운동의 소중함을 느끼고 있다. 그래서 그녀는 운동을 '밥'이라고 부른다. 밥을 굶으면 배가 고프고 꼭 삼시 세끼 규칙적으로 챙겨 먹어야 하듯이, 운동 또한 그녀에게 매일 꼬박꼬박 챙겨야 하는 삶의 필수적인 한 부분이 되었다.

"나한테 한 시간 정도씩 매일 투자했으면 해요. 나를 사랑했으면 해요."

그녀에게 운동은 자신을 사랑하며 돌보는 시간이다. 누군가에게는 부담스럽고, 함부로 시작하지 못할 도전일 수도 있지만, 일단 한번 시작하면 자신을 사랑하는 가장 간단하고 강력한 방법이 될 것을 그녀가 아주 잘 알고 있기 때문이다.

흔히 나이가 들어서는 운동하지 못한다고 생각한다. 하지만 우리의 몸은 운동하지 않으면 약해지도록 설계되어 있다. 젊지 않다는 이유로 몸을 움직이지 않으면 정말로 몸과 마음에 노화를 촉진하게 된다. 자신을 진실로 사랑하기 위해서는 꾸준한 운동을 통해 몸이 늙고 마음이 병드는 것을 방지해야 한다. 운동으로 세상이라는 무대의 주인공이 된 장래오의 인생이 그를 증명한다.

국내 최고령 머슬 모델이자 국내 시니어 모델 시장의 개척자인 장래오. 남은 삶 동안 그녀의 소망은 지팡이를 짚고 있는 모습이 아닌, 언제나 아령을 들고 운동을 하는 할머니로 기억되는 것이다. 소소하지만 그 소망 안에 담긴 도전에 대한 적극적인 자세와 건강한 비전은 백세시대 한국의 활기찬 시니어 문화를 이끌 수 있는 좋은 자극이 될 것이다.

사람들은 엄청난 잠재력을 가지고 있다

많은 이들이 자신감을 갖거나

위험을 무릅쓴다면

위대한 일을 해낼 수 있다

하지만 대부분은 그러지 못한다

사람들은 텔레비전 앞에 앉아

삶은 영원할 것이라 생각한다

필립 애덤스 *Philip Adams*

북한 옥류관 요리사에서 남한의 냉면집 사장으로

윤종철

죽음의 문턱에서 탈출해
연 매출 5억 냉면집으로
구사일생 일궈 낸 새 삶

평양냉면 장인이 걸어 온 길

  윤종철의 인생은 쉼 없이 움직인 시간으로 가득하다. 북한 요리 전문가, 연 매출 5억 냉면 음식점 주방장, 탈북 새터민 등 다양한 호칭이 그의 다사다난했던 시간을 증명한다. 움직이지 않으면 아무 일도 일어나지 않는다는 비범한 다짐을 품고 고난을 헤쳐 온 윤종철. 그는 마포구의 평양 냉면집에서 변함없이 성실한 하루하루를 보내고 있다.

  윤종철은 요리사인 할아버지의 영향으로 열여덟이라는 어린 나이부터 본격적으로 요리에 몸담았다. 그렇게 요리 기술을 배우던 중 입대했고 당의 간부인 아버지 덕분에 간부 식사를 책임지는 옥류관의 취사병이 되었다. 어릴 적부터 갈고닦은 실력 덕분에 혹독한 취사병 교육 과정에서 그는 우수한 성적을 거두었다. 이후 장관 식당에 배정된 윤종철은 그곳에서 10년간 복무했다. 갖은 고생을 하며 장성들의 식사를 준비한 덕분에 음식 솜씨 하나만큼은 누구와 견주어도 우위에 설 수 있을 만큼 성장했다.

이후 탈북해서 남한에 처음 자리를 잡던 시기, 윤종철은 다시 요리하게 될 거라고는 생각하지 못했다. 북한에서는 남자가 요리하는 걸 천하게 여겼다. 그는 요리사인 할아버지가 주변에서 핍박받는 것을 보며 자랐고 남한으로 넘어온 후에도 그 기억은 지워지지 않았다. 죽어도 다시 요리하는 일은 없을 거라고 다짐하며 그는 막노동으로 생계를 이어갔다.

그러나 얼마 안 가 막노동만으로는 남은 미래를 준비할 수 없다는 걸 깨달았고 남한에서는 남자 요리사에 대한 인식이 북한과는 다르다는 걸 알게 되었다. 오히려 아내들의 밥을 해주는 남편이 존경받는 것이다. 다시 요리를 시작해 볼까 고민하며 닥치는 대로 잡히는 일을 하던 중, 윤종철은 어느 요리학원에 북한 요리 강사로 초빙되었다. 그는 그곳에서 2년간 강사로 일하며 요리에 대한 보람을 다시금 느꼈다. 강사로 일하는 중간, 학원에서 운영한 팝업 스토어에서 북한 요리를 판매한 적이 있었는데 그때도 윤종철의 음식은 인기가 좋았다. 어떻게 알고 왔는지 수많은 인파가 몰려서 그의 음식을 주문했고 덕분에 하루로 예정되었던 팝업이 3일 정도 연장되기도 했다.

윤종철은 강사로 일하며 착실하게 돈을 모아서 북한 요리 전문 식당을 개업했다. 갈고닦은 실력이 아낌없이 발휘된 그의 냉면은 담백하고 깔끔한 맛을 낸다. 그 비법은 면 위에 볶은 들깨를 고명처럼 올려서 전체적인 식감을 살리고, 고소한 향을 더하는 것이다.

냉면에 심혈을 기울이는 윤종철이 가장 중요하게 생각하는 냉면의 재료는 따로 있다. 바로 육수다. 냉면 장사를 시작한 이래로 윤종철은 단 하루도 거르지 않고 직접 육수를 우렸다. 이른 아침부터 주방을 후끈한 열기로 가득 채우는 이 고된 작업을 그는 매일 반복해 왔다. 소고기 양지와 토종닭, 그리고 비법 재료인 돼지갈비를 푹 우린 후에 각종 채소와 직접 만든 간장까지 넣고 3시간을 더 끓이면 윤종철만의 특제 육수가 완성된다. 약 300인분 정도의 양을 만들어도 매일 몰려드는 손님들 덕분에 2~3일이면 동이 난다.

육수의 재료인 고기는 가게를 개점한 초기부터 현재까지 오랫동안 인연을 이어 온 정육점에서 납품받는다. 친분이 쌓였으니 납품되는 재료의 질은 신뢰할 법도 하지만 윤종철은 매번 가게에 방문해서 고기의 상태를 확인한다. 직접 고기를 보러 가야 정육점에서도 더욱 관심을 가지고 좋은 재료를 납품해 준다는 것을 수년간의 경험을 통해 배웠기 때문이다. 육수 뿐만 아니라 냉면 위에 고명으로도 올라가는 고기인 만큼 기름기가 적고 질이 좋은 것으로 받아 와야 안심하고 영업할 수 있다. 그 외에도 배나 채소처럼 다양한 부재료들도 직접 장에 가서 고른다. 치솟는 물가에 재료의 가격이 올라도 음식의 맛을 위해서라면 윤종철은 뭐든 아낌없이 지출한다.

그런 정성이 들어갔기에 그의 가게를 찾는 손님들은 그의 냉면을 극찬한다. 어디서도 느껴보지 못한 깊은 맛이 느껴진다는 말은 옥류관에서 10년간 일하며 터득한 실력과 음식을 대하는 윤종철의 장인 정신을 증명한다. 누구보다 까다롭게 재료를 고르고 심혈을 기울여 요리하기에 그의 냉면은 특별할 수밖에 없다. 다른 가게들의 냉면이 아무리 유명하다고 한들 윤종철은 기죽지 않는다.

"저는 언제나 제 냉면에 자부심을 갖고 있습니다."

완벽한 냉면을 위해 윤종철은 주문과 동시에 음식을 만들기 시작한다. 미리 만들어 두지 않기 때문에 손님들이 한꺼번에 몰리면 주방은 매우 분주해지지만, 손님에게 최상의 음식을 제공하고자 하는 윤종철의 신념은 굳건하다. 조금 바쁜 한이 있더라도 손님에게 내 갈 음식에서 정성을 잃지 않으려는 노력은 그의 굳은 신념과 세심한 노력에서 비롯된 것이다. 오

전 일찍 가게로 나와서 면 반죽을 숙성시키고, 소고기와 돼지 갈비 등 여러 재료를 넣고 몇 시간씩 육수를 끓이는 것 역시 장인 정신의 연장선이다. 또한, 식당의 모든 음식은 그의 손을 거치지 않고는 테이블에 나가지 못한다. 누구에게는 고집처럼 보일 정도로 꼼꼼하지만 이는 손님들에 대한 예의이기에 절대 허투루 할 수 없는 영역이다.

그 덕에 코로나 전에는 대기하는 손님들로 가게 앞에 긴 줄이 만들어질 정도였다. 그때는 하루 600만 원이라는 높은 매출을 매일 달성했다. 돈을 버는 족족 가게를 확장해서 2년 만에 매장을 3배나 넓혔다. 이는 연 매출 5억이라는 놀라운 결과로 이어졌다.

손님들이 자부하는 훌륭한 냉면 맛 외에도 그의 식당은 다른 평양냉면집보다 더 많은 양을 주는 것으로 유명하다. 윤종철은 장사가 잘되어도 언제나 초심을 잃지 않고 손님들의 그릇에 넉넉한 양의 냉면을 담아낸다. 매일 배고픔에 시달리며 고통을 호소하던 북한 사람들이 잊히지 않아서 손님들이라도 배불리 먹길 바라는 마음 때문이다.

목숨을 건 탈북
다시는 보지 못하는 가족

요식업으로 이뤄 낸 남부럽지 않은 그의 삶 뒤에는 언제나 탈북의 아픔이 있다. 북한에서 살던 시기에 그가 목격한 것은 가난한 나라, 굶어 죽어 가는 시민, 거리에 수두룩한 부랑자들이었다. 험악한 세상에서 짐승보다 못한 생활을 청산하자는 간절함 하나로 그는 탈북을 감행했다. 1998년 겨울이었다.

당시에는 가족을 데리고 올 수 없었다. 기동력이 최우선이었기에 그는 홀로 탈북 길에 올랐다. 그렇게 1998년부터 시작된 탈북은 꼬박 2년이 걸렸다. 쉽지 않은 시간이었다. 갑자기 내리는 눈 속에서도 감시를 피해 몸을 숨기는 데에 몰두해야 했다. 윤종철은 흰색 이불 망을 뒤집어쓰고 두만강을 건넜다. 간신히 몸을 피한 민가에서 귀에 감자만한 물집이 두 개나 잡힌 걸 보고 그 자리에서 뜯어낸 후에 다시 발을 옮기기도 했다. 아픈 줄도 몰랐다. 그렇게 2000년에서야 그는 마침내 남한 땅에 도착했다.

남한에 온 직후, 윤종철은 하루빨리 가족들을 불러오기 위해 악착같이 일해서 돈을 모았다. 그렇게 오랜 시간 준비한 끝에 가족들의 탈북을 위한 계획을 실행했다. 모든 것이 순조

로워서 가족들이 남한 땅만 밟으면 눈물겨운 상봉이 이루어질 수 있었다. 그런데 탈북 막바지, 중국에서 가족들이 모두 붙잡히고 말았다. 어찌해 볼 틈도 없이 그들은 북송되었다. 윤종철이 알고 있는 마지막 소식은 3년간 교화소에 구금되어 있던 딸이 췌장암으로 죽었다는 것뿐이다. 다른 가족은 생사조차 모른다. 윤종철은 다시는 가족들을 볼 수 없었다.

가족과 편안하게 살아 보고자 감행한 탈북이 그런 결과를 초래했다는 생각에 윤종철은 비참함을 감추지 못했다. 북한이 잘 보이는 파주의 임진각을 자주 방문하는 이유는 고향과 가족 생각에 사무치는 마음을 위로하기 위해서다. 그는 그곳에서 아버지 구실을 못 했다는 죄책감 속에 묻어 둔 소중한 가족들을 기리고, 북한에 있는 친구, 친지들의 건강을 빈다. 또 다른 세상을 보자는 약속을 지키지 못한 그에게 명절은 그 어느 때보다 서글픈 날이다. 텔레비전에서 가족들이 모두 모여 한복을 입고 정겨운 인사를 나누는 장면을 볼 때면 참고 참았던 눈물이 흐른다. 다른 식당이 모두 문을 닫는 명절에도 윤종철은 밀려드는 서글픔을 일로 지우기 위해 가게 문을 열곤 했다.

남한에서 찾은 새 보금자리

그런 윤종철을 다시 일으켜 준 건, 아내 성해옥이었다. 두 사람은 윤종철이 남한에 정착한 후에 만났다. 그녀는 탈북 과정에서 소중한 가족을 잃고 실의에 잠겨 방황하던 윤종철을 다잡아 주었다. 윤종철은 유일하게 의지할 곳이 되어 준 성해옥을 사랑하게 되었고, 용기를 내어 함께 살아 달라고 부탁했다. 3개월 남짓한 고민의 시간 끝에 성해옥은 윤종철과 부부의 연을 맺었다.

성해옥은 가게의 서빙과 카운터를 담당하며 윤종철과 손발을 척척 맞춰 가게를 운영한다. 손님들에게 서비스로 나가는 개성 양반 들깨죽을 서빙하는 일, 매일 만들어야 하는 전통 양강도식 양배추김치의 맛을 완벽하게 재현하는 일도 그녀의 몫이다. 궂은일을 하면서도 얼굴 한 번 찌푸리지 않는 아내에게 윤종철은 그저 고마운 마음뿐이다.

평소 윤종철은 성해옥에게 아빠처럼 자상한 남편이다. 아내의 쇼핑에 동행해서 직접 옷을 골라 주고 결제까지 해 준다. 지금 사는 집 또한 아내의 명의로 해 둘 정도로 윤종철의 사랑은 지극하다. 힘든 시기에 정신적 의지가 되어 주고 일을 도와 준 그녀에게 보답하겠다는 애틋한 마음이다. 하루하루

버텨 내는 고단한 삶이지만, 의지할 수 있는 아내가 있기에 윤종철의 삶은 행복하다.

　가게 운영과 재료 구매비 등 필수적인 지출을 제외하고 남는 돈을 알뜰하게 모은 덕분에 윤종철 부부는 경기도 일산에 아파트를 구할 수 있었다. 일주일에 한 번 있는 휴무일에 부부는 집에서 각자의 시간을 보낸다. 성해옥이 밀린 집안일을 하는 동안, 윤종철은 서재에서 요리책을 보며 공부한다. 이미 북한 요리 전문점으로 입지를 갖췄지만, 언제나 초심을 지키겠다는 마음으로 그는 공부를 게을리하지 않는다. 이미 아는 것도 다시 써 내려가며 마음속에 새길 때면, 요리를 처음 배우던 어려운 시기가 떠오른다. 그때보다 더 나은 사람이 되기 위해 정진해야겠다는 다짐이 그의 가슴을 뜨겁게 만든다. 그에게 요리책은 마음의 기둥이자 채찍, 그리고 이 세상에서 유일하게 그를 통제하고 꾸준하게 가르침을 주는 선생이다.

　윤종철은 집에서도 요리를 도맡는다. 아내에게 맛있는 음식을 해 주고 싶은 마음과 더불어, 자신의 요리 감각을 유지하고 지키기 위해서다. 윤종철은 자신의 요리 감각을 잃게 만들지도 모른다는 생각에 외부 음식을 경계한다. 외식은 최대한 자제하고 집에서 음식을 만들어 먹는 걸 보고 누군가는 유난스럽다고 말할 수도 있다. 하지만 이는 윤종철이 자신과 한 약속이며, 요리를 대하는 그의 장인 정신이 깃들어 있는 것이기도 하다. 외식하게 되면 외부의 낯선 맛에 길들 수밖에 없으니까. 수십 년의 요리 경력자인 만큼 냉면이 아니더라도 웬만한 요리는 뚝딱 해낼 수 있다. 조리대 앞에 선 윤종철은 오로지 아내만을 위한 근사한 끼니를 만든다. 그 음식에도 윤종철의 냉면에서 느낄 수 있는 담백하고 깊은 풍미가 배어 있다. 그가 북한 요리 명인으로 선정된 이유는 어떤 요리도 자신만의 고유한 맛으로 완성해 내는 놀라운 요리 감각 덕분일 거다.

가게가 번창한 후로는 하루하루 몸은 고단해도 마음은 평온한 나날이 이어졌다. 그러나 성해옥은 급격히 안 좋아지고 있는 윤종철의 건강을 걱정하고 있다. 예순이 넘은 나이에도 온종일 서서 일해야 하는 탓에 남편의 몸 곳곳이 망가졌기 때문이다. 허리와 고관절을 수술할 정도로 윤종철의 상태는 좋지 않다. 하지만 매일 가게에 나가는 남편을 말리지는 못한다. 윤종철이 없다면 음식 맛이 변할뿐더러, 윤종철 본인이 일을 쉬는 것을 원치 않기 때문이다. 연구를 게을리 하지 않고, 직접 주방에서 음식을 만들며 언제까지나 요리사로 남고 싶다는 것이 그의 바람이다. 이렇듯 몸과 마음을 다해 음식에 정성을 쏟은 덕분에 그는 북한 요리 분야에서 대한민국 한식 조리 명인이라는 타이틀을 얻을 수 있었다.

나를 믿고
나아가는 힘

성공한 평양냉면 장인 윤종철에게 조언을 구하는 사람은 계속해서 늘고 있다. 안산에 가게를 차린 탈북 요리사 최연희도 그중 한 명이다. 번창한 식당들의 맛과 메뉴를 따라가려다가 방향성을 잃은 최연희에게 윤종철은 경험에서 우러나온 조언을 해 주었다. 본인이 가장 잘 할 수 있는 북한 요리로 진정한 승부를 보고. 아무리 상황이 어렵더라도 본인의 길에 정진하길 바라는 마음에 쓴소리를 하게 되었는데, 이미 최연희의 실력을 잘 알고 있기에 믿음에 기반한 조언을 해 준 것이다.

"내가 나를 지켜야 해요. 누가 나를 대신 지켜 주지 않잖아요."

다른 누구보다 자신을 믿고 걸어온 윤종철은 이렇듯 많은 이들의 귀감이 되고 있다. 그에게 요리를 배우는 제자가 되겠다며 찾아오는 이들도 많다. 그들을 가르치며 윤종철 본인도 새롭게 배우는 것들이 많기에, 그는 제자 교육에 최선을 다한다. 그가 가장 강조하는 것은 음식을 대하는 태도다. 요리할 때만큼은 잡생각을 치우고 집중해야지 맛에 흐트러짐이 없다는 걸, 윤종철은 강조하고 또 강조한다.

음식에 있어서만큼은 조금의 타협도 용납하지 않았기에 윤종철은 지금의 위치까지 오를 수 있었다. 한 우물을 판 덕분에 그의 음식에는 깊이가 생겼고, 많은 이들이 그 음식에 반해 모였다. 버티고 버텨 온 삶이 인정받기까지 오랜 시간이 걸렸지만, 윤종철을 이끈 것은 자신을 믿고 나아가는 힘이었다.

"여기까지 올 수 있었던 건, 뚝심 있는 제 마음가짐 덕분입니다."

이것 하나만큼은 잃지 않고 지키겠다는 윤종철의 뚝심은 빠르게 변화하는 시대 속에서 어렵게 발견한, 귀한 보물 같다. 담백한 듯 깊이 있는 평양냉면처럼 그의 인생은 티 없이 순수한 노력이 어우러져 맑고 깊은 맛이 난다.

당신이 가야 할 길을 찾았다면

절대로 두려워해서는 안 됩니다

파울로 코엘료 Paulo Coehlo

사극 전문 연기자에서 신인 가수로

임 혁

일흔 둘, 50년 연기 내공이
무대에서 빛을 발하다

데뷔 50년 차 신인 가수

〈대조영〉, 〈신기생뎐〉, 〈용의 눈물〉, 〈왕과 비〉…. 배우 임혁의 필모그래피는 시대를 풍미했던 굵직굵직한 대하 사극들로 빼곡하다. 그는 특유의 강렬한 눈빛으로 카리스마를 발휘하며 극을 이끌어 가는 중역을 주로 맡아서 연기했다. 장인처럼 묵묵히 연기의 길을 걸어 온 그의 데뷔 연차는 어느덧 50년이 넘었다.

그의 출연작 중 가장 빛을 발한 건 2011년에 방영된 〈신기생뎐〉이다. 임경업 장군, 동자 귀신 등 기상천외한 영혼들에 빙의되는 강렬한 연기를 선보이며 대중에게 자신의 존재감을 새롭게 각인시켜 준 작품이다. 아무나 쉽게 소화할 수 없는 빙의 연기를 완벽하고 능청스럽게 해낸 임혁에게 대중은 폭발적인 관심을 가지기 시작했다. 이전에는 선 굵은 연기를 주로 맡았기에, 우연히 마주쳐도 어려워하며 다가오지 못했던 팬들이 선뜻 먼저 말을 건네기도 했다. 대중의 관심과 변화는 외길 연기 인생을 걸어 온 임혁에게, 배우라는 직업을 뚝심 있게 지켜 온 그의 신념이 옳았다는 사실을 깨닫게 해 준 소중한 결과였다.

그러다 별안간 2020년, 임혁은 두 장의 앨범을 발매하며 본격적인 음악 활동을 시작했다. 장군이나 대감처럼 무게감 있는 역할을 맡았던 사극 배우로 활약한 임혁. 그 특유의 굵고 중후한 목소리가 가득 담긴 노래는, 대중들의 마음에 가닿기에 더할 나위 없이 감미롭고 절절했다. 한 장은 타이틀곡 〈사랑꾼〉을 포함해 총 9곡이 수록된 앨범, 또 한 장은 〈남자의 독백〉이라는 곡이 담긴 싱글 앨범이다.

갑작스러운 그의 행보에 '오랜 꿈이 가수였냐'고 묻는 이들도 있었지만, 사실 그는 가수가 되고 싶다고 생각한 적은 없었다. 중견 배우로 불리는 그가 일흔이 넘은 나이에 노래를 시작하게 된 이유는, 대중과 소통할 새로운 통로를 찾고 싶었기 때문이었다.

배우로서의 필모그래피는 안정적이었으나, 연차가 쌓일수록 자신을 불러주는 곳이 점점 줄어들었다. 임혁은 초조해지기 시작했다. 연기자로서의 유효기간이 끝나간다는 불안감.

존재 가치가 없어지는 것 같다는 허무함이 그를 좀먹어 갔다. 하지만 임혁은 불안한 감정에 굴복하지 않았다. 자신을 세상에 새롭게 알릴 방법을 찾기 시작했고, 그 끝에 발견한 것이 가수라는 새로운 직업이었다.

연습도 실전처럼
진정성 있는 도전

지금 임혁의 바람은 노래를 통해 세상과 새롭게 소통하고, 팬들의 함성 속으로 다시 들어가는 것이다. 그가 남양주에 마련한 녹음실에는 이런 문구가 적혀있다.

'가수, 배우의 꿈이 이루어지는 곳.'

가수라는 새로운 삶에 뛰어든 동시에 배우의 꿈을 놓치지 않고 완성하려는 그의 다짐을 알 수 있는 문구다. 비록 일흔이 넘은 나이에 노래를 시작했지만, 임혁은 누구보다 완벽한 무대를 선보이기 위해 밤낮 가리지 않고 연습에 매진하고 있다. 연습실에 간이 무대도 만들었다. 평생을 연기자로 살아왔기에, 관객과 마주하며 노래를 불러야 하는 무대는 아직 낯설기 때문이다. 임혁은 연습할 때도 실전처럼, 그 무대 위에 올라가서 노래를 불렀다.

이렇듯 임혁은 프로페셔널함을 만들기 위해 끝없이 연습했고 그 덕분에 노래는 물론 무대 퍼포먼스에도 어느덧 여유가 생기게 되었다. 50년간 쌓아 온 연기 내공이 마침내 무대 위에서도 빛을 발하게 된 것이다. 임혁은 가수라는 꿈을 향해가는 여정도 즐겁지만, 변화하고 발전하는 자신의 모습 또한 즐기고 있다. 나이가 들어감에도 불구하고 그가 늘 활기찬 이유는, 도전이라는 삶의 활력소를 찾았기 때문이다.

그래서일까. 연습이 잘 안 되는 날에도, 어떤 방향성을 가지고 음악을 풀어나가야 할지 고민에 휩싸인 날에도, 임혁은 활력이 넘친다. 어린 시절에 시작해도 이름을 알릴까 말까 한 가수 생활을 인생 후반기에 접어들어 시작했다는 것이 조금 민망하고, 아직 음악에 관한 공부와 보컬 능력이 부족해도, 긍정적인 활력 하나로 임혁은 한 발씩 나아가고 있다. 그 에너지 속에서 노래에 대한 진정성과 감성은 계속해서 약동하고 있다.

임혁이 절대 소홀히 하지 않는 1순위는 발성 연습이다. 오랜 연기 생활로 다져진 발성이 있지만, 노래를 위한 발성은 그것과는 차이가 컸다. 따라서 초반에는 지도 선생님에게 보완점에 대해 조언을 많이 받아야 했다. 제대로 된 음을 구사하지 못할 때가 많았고, 노래가 어색하게 들리는 부분투성이였

다. 하지만 임혁은 근면하게 연습하며 부족한 부분들을 보완해 나갔다. 그 결과, 아주 짧은 시간 안에 발성은 물론 노래 실력까지 일취월장했다. 이제 임혁이 지도 선생에게 가장 많이 듣는 말은 성실함과 노력에 대한 칭찬이다. 갓 데뷔한 신인 가수에게서 깊은 내공이 느껴지는 것은 비단 50년이라는 배우 연차 때문만은 아니다. 나름대로 인정받은 보컬을 갖게 된 후에도 임혁은 연습에 소홀하지 않았다. 오히려 늦은 밤까지 연습을 계속한다. 지도 선생님이 곁에 있지 않아도, 홀로 노래를 부르고 들어 보며 어떻게 하면 더 잘 부를 수 있을지 고민한다.

"처음에는 큰 변화가 느껴지지 않을 겁니다. 하지만 자꾸 들여다 보고, 생각하고, 연구하다 보면 그 결과는 놀라울 거예요."

그는 꾸준함만이 변화를 가져온다고 믿는다. 실제로 그가 짧은 시간 안에서 폭발적인 성장을 이뤄낸 방법이기도 하기 때문이다.

발성과 보컬 연습 외에도 그가 한 가지 심혈을 기울이고 있는 부분이 있다. 바로 대중의 기대에 부응하는 것이다. 팬과 가족, 동료들의 응원에 보답하기 위해 임혁은 무대를 위한 만반의 준비를 계속하고 있다. 운동을 하며 몸을 관리하고, 의상실에 직접 찾아가 무대에서 입을 의상을 고르는 일에 심혈을 기울인다. 그가 몸을 관리하고 무대 위에 오를 모습을 꾸미는 이유는 조금이라도 완벽한 모습으로 대중들 앞에 서고 싶기 때문이다.

"나를 잘 가꿔야지만 어디서도 위축되지 않고 자신감을 가질 수 있어요."

이제 막 꿈을 향해 첫발을 디뎠는데 늙었다는 이유만으로 포기하고 싶지는 않다고 임혁은 힘주어 말한다.

팬들과의 소통 역시 그가 중요하게 생각하는 요소다. 방송과 공연에 나가 노래를 부르며 팬들과 직접 만난다면 더할 나위 없이 좋겠지만, 비대면이 일상이 된 상황 속에서는 팬들과 만날 새로운 방법이 꼭 필요했다. 그래서 임혁은 유튜브 채널을 개설해서 영상을 통한 소통을 준비했다. 새로운 시대에 발맞추기 위한 노력을 게을리하지 않는 것. 인터넷 생방송 역시 그런 노력의 일환이었다. 팬들을 위한 깜짝 이벤트로 인터넷 생방송을 했을 때, 그는 의상 준비부터 방송 진행까지 모든 과정에 신중하게 임했다. 실시간으로 자신의 모습이 송출된다는 것, 그것도 익숙지 않은 인터넷 환경 속에서 진행된다는 점은 압박으로 다가오기도 했다. 하지만 그는 철저한 준비와 다년간의 방송 경험을 토대로 인터넷 생방송 역시 매끄럽게 진행했다.

생방송은 비대면 상황 속에서 팬들과 다양한 방법으로 소통하기 위해 내린 결정이었다. 여유 넘치는 모습으로 방송을 마쳤지만, 무대를 내려온 그는 땀범벅이었다. 혹 말실수하지는 않았을지, 팬들에게 추한 모습을 보이게 된 것은 아닐지, 방송 사고가 날지도 모른다는 여러 가지 압박이 방송 내내 그를 짓누르고 있었다. 하지만 압박감 속에서도 자신이 할 수 있는 최선을 다했기에, 그 모든 부담을 이겨내고 임혁은 무사히 생방송을 마칠 수 있었다. 현장에 있던 스태프들 모두 임혁의 그런 노력에 박수를 보냈다. 배우라는 안정적인 보금자리를 뛰쳐나온 용기. 전혀 생소한 분야에 도전해서 팬들과 소통하겠다는 의지. 급변하는 세상에 발맞추어 새롭게 거듭나려는 노력. 무언가를 시작하기엔 많이 늦었다고 생각하는 모든 사람에게 임혁은 좋은 본보기가 될 것이다.

내 꿈은 현재 진행형

"꿈이 없는 사람은 죽은 것과 다름없다. 반드시 꿈을 가지고 도전하라."

임혁 씨는 단호하게 말했다. 프랑스의 시인 폴 발레리 역시 비슷한 말을 했다.

"당신이 생각하는 대로 살지 않으면 머지않아 당신은 사는 대로 생각하게 될 것이다."

남은 인생들도, 열정을 계속 불태우며 살아가겠다고 선언한 임혁. 꿈을 가지고 도전하는 그는 새롭게 거듭날 자신의 모습을 계속해서 생각하는 사람이다. 아직 도전을 망설이고 있다면 임혁이 보여준 모습에 용기를 얻길 바란다. 도전의 시작은 어려웠지만, 그 속에서 차근차근 노력하며 조금씩 발전한 결과, 임혁은 가수가 되었다. 그의 꿈은 끝나버린 과거형도, 먼 훗날에야 이루어질 미래형도 아니다, 그의 꿈은 언제나 현재 진행형이다.

해 보지 않고는

당신이 무엇을 해낼 수 있는지

알 수 없다

프랭클린 아담 *Franklin Adam*

전자제품 판매업에서 도예가로

강종말

도자기가 미치도록 좋았는걸요
최고의 도예가가 되어
다시 빚어낸 삶

서른아홉, 도예를 배우기 시작하다

도예가 강종말의 작업실은 마고촌(麻姑村)이라는 이름을 가지고 있다. 그녀는 마고촌에서 2003년부터 도예 작업을 시작했다. 삼베 마(麻)에 시어머니 고(姑)자를 써서 만든 작업실은 강종말 인생 2막의 전부라고 할 수 있다. 마치 엄마처럼, 꿈을 가진 자신을 품어 준 곳인 동시에 자신 역시 누군가의 엄마이자 스승이 되어 그들을 품어 주고 있는 공간이기 때문이다.

다소 늦은 나이일 수 있는 40대에 이 길로 접어들었지만, 강종말은 도자기를 사랑하는 마음으로, 도예에 열정적인 자세로 임했다. 흙의 감촉을 느낄 때, 흙을 빚고 가마에 넣어 도자기가 완성되기까지 기다릴 때, 도자기를 만드는 매분 매초 속에서 강종말은 자신이 정말 좋아하는 일을 하고 있다는 것을 깨달았다. 아무리 피곤해도 작업만 시작하면 날이 새는지도 모를 정도였다. 때론 힘에 부치기도 하고, 좋은 도자기를 만들 수 있을지 의심이 들기도 했지만, 인정받는 도예가이자 자랑스러운 엄마가 된 자신을 돌아볼 때면 강종말은 매번 새로운 행복에 휩싸인다.

현재는 국내외에서 인정받는 도예가지만, 강종말의 처음은 여느 사람들과 다를 바 없이 험난했다. 가전제품 대리점에서 일하다가 매장 안의 텔레비전에서 나오는 물레 돌리는 장면에 무작정 반해버린 강종말. 홀린 듯이 그 장면을 바라보며 언젠가는 도자기 물레 돌리는 일을 꼭 한번 해 봤으면 좋겠다는 생각을 갖게 되었다. 이후로 종종 남편에게 "도자기 너무 좋죠?"라고 말했던 강종말은 갑작스레 들이닥친 IMF로 오히려 꿈을 이룰 수 있었다. 매장이 한가해진 틈을 타서 도자기 공부를 할 수 있게 된 것이다. 그러나 1999년, 서른아홉 살에 도예를 기초부터 배울 수 있는 곳은 많지 않았다. 적십자에서 오랫동안 봉사해 온 이력 덕분에, 봉사활동 특별전형으로 전문대에 입학하여 겨우 공부를 시작할 수 있었다. 이후 강종말은 4년제 대학에 편입한 후 곧장 대학원까지 진학해 7년이라는 긴 시간 동안 공부를 이어 갔다. 피나는 노력이라는 말로밖에 설명할 길이 없는 시간이었다.

강종말은 다른 학생들보다 다섯 배 이상의 열정을 도예에 쏟아 부었다고 자신한다. 그냥 잘하고 싶었던 정도가 아니라, 도자기를 향한 미칠 듯한 애정이 그 원동력이었다.

"도자기 하나가 완성되면 피로가 싹 사라졌어요. 잠도 자지 않고 곧장 다음 도자기를 만들 수 있을 정도로."

그 결과는 찬란했다. 강종말은 졸업하자마자 계원예대에서 강의를 진행했고, 여섯 번의 개인전과 백이십여 회의 국내외 그룹전에 참여했다. 관람객의 호평과 도예계의 인정을 받으며 강종말은 자신의 입지를 굳혀 나갔다.

의지하고 응원하는
인생의 동반자

도예가가 되기 전, 강종말은 남편과 가전제품 대리점에서 일했다. 그 일을 뒤로하고 도예가로서의 삶을 준비하는 시간 동안, 아주 많은 것들이 달라졌다. 부부가 처음 장사를 시작한 건물은 재건축되어 전혀 알아볼 수 없을 정도로 거대해졌고 자식들은 모두 장성했으며, 집안의 재정적인 부분 또한 그때보다 무척 여유로워졌다.

열 평 남짓한 작은 매장에서 장사하던 시절에는 가게 안 좁은 방에서 다섯 식구가 옹기종기 누워 잠들었다. 몸을 일으켰다 다시 누우려면 자리가 없어 매장 소파에서 잠을 청했던 적도 많았다. 강종말은 가난을 벗어나고자 갖은 노력을 했다. 가전제품 계약을 하나라도 얻어내기 위해 성심성의껏 손님을 응대했고 온종일 선풍기 80대를 조립해서 판매한 날도 있었다. 판매와 장사에 소질이 있다는 이야기를 들을 정도로 높은 실적을 내기도 했다.

그러나 마냥 쉽게 달성한 성과는 아니었다. 신용카드나 컴퓨터가 없던 시절부터 가게를 운영했기에 모든 기록은 수작업으로 처리해야 했다. 남편 김부태의 인생에서 가장 고마운 사람은 아내 강종말이다. 힘든 가게 일도 싫증 내지 않고 잘 처리해 주었을 뿐만 아니라 33년 전, 위궤양 진단을 받은 김부태가 위의 절반 이상을 잘라냈을 때, 막내의 출산일이 임박했음에도 불구하고 한 달간 남편의 병간호는 물론 가게 영업까지 무사히 해 준 것 또한 평생에 걸쳐 갚아야 할 빚이라고 생각하고 있다.

강종말의 노력 덕분에 가게는 해가 다르게 규모를 확장했다. 도자기를 만드는 지금도 행복함을 느끼지만, 가족들과 동고동락하던 그 시기에도 강종말은 무척 행복했다고 말한다.

부부의 돈독한 애정 속에서 운영된 가게여서 그런지, 전자제품 대리점을 찾는 손님은 물론 점원들 모두 가게에 지극한 애정을 품고 있었다. 직접 사용하는 가전제품부터 자식이 사용할 가전제품 일체를 강종말 부부의 가게에서 구매한 손님이 있는가 하면, 강종말 부부의 봉사와 희생 정신에 감동해 30년째 근속 중인 점원이 있을 정도였다.

매장의 에이스인 강종말이 도예가의 길을 걷기 시작한 이후로는 남편 김부태가 매장을 도맡아 운영하게 되었다. 강종말은 처음 시작했을 때보다 무려 12배나 넓어진 매장을 남편에게 떠넘겼다는 미안함을 느끼고 있지만, 김부태는 이 또한 모두 아내의 덕이라고 말하며 그녀의 길을 응원하고 있다.

김부태는 새로운 인생을 시작하는 아내 강종말를 전폭적으로 응원해 주었다. 강종말에게 공방 마고촌을 만들어 준 사람도 김부태다. 강종말은 시부모를 8년간 모시면서도 위가 안좋은 남편을 지극정성으로 보살폈고, 아이들까지 바르게 키워냈다. 김부태의 아버지는 임종하기 전, 네 아내에게 잘하라는 유언을 남겼다고 한다. 지금껏 가족에게 헌신해 준 아내에게 특별한 선물을 하고 싶었던 김부태는 아내 몰래 김천에 그림 같은 풍경이 있는 땅을 얻었다. 죽는 날까지 은혜를 갚아야 한다는 마음으로, 그는 새벽같이 김천에 들러서 공방 만드는 인부들을 도와가며 공방을 완성했다. 남편의 사랑이 가득 담긴 선물 덕분에 그녀는 지금보다 돈을 더 잘 벌 수 있었을지는 몰라도, 전자제품 대리점을 그만둔 것을 후회하지 않았다. 남편의 피와 땀으로 지어진 작업장인 만큼, 그 사랑에 보답하고 싶었던 강종말은 도예에 열정을 더욱더 쏟아 부었다.

최고의 도예가로
거듭나기까지

강종말은 도예에서 삶을 배운다. 도자기를 만드는 과정에서 그녀가 가장 신경을 쓰는 부분은 흙이다. 도자기 재료로 쓰일 대량의 흙은 공장에서 공수한다. 도자기를 빚기 위해 흙 안의 공기를 빼내는 토련 과정을 전부 거친 것들이지만, 강종말은 흙의 상태를 일일이 다시 확인해서 도예에 가장 적합한 상태로 만드는 작업을 거친다. 흙의 상태가 도자기의 수명을 결정짓기에, 아름다운 작품을 위해서는 흙을 살피는 단계에 큰 공을 들여야 한다. 그렇게 만들어진 흙은 물레 위에서 도자기가 될 준비를 한다.

"물레에서 자유자재로 모양을 바꾸는 흙의 모습은, 우리

삶과 꼭 닮아 있어요."

힘을 조금만 과하게 주어도 모습이 비뚤어지고, 집중하지 않고 작업하면 자꾸 전체 틀에서 삐뚯하게 된다. 흙을 제대로 이해하고, 흙과 하나가 되어야 비로소 원하는 모습을 빚을 수 있다는 점에서, 그녀에게 도예는 하나의 인생이다.

가마의 불을 조절하는 것은 도자기 공예에서 가장 중요한 작업 과정이다. 강종말은 도자기가 구워지는 오랜 시간 동안 가마 앞을 지키며 온도를 조절하고 그 변화를 기록한다. 지금 만들어지는 도자기는 물론, 앞으로 만들 도자기 역시 튼튼하고 완벽하게 구워내기 위해 여러 데이터를 쌓아가는 것이다.

가마 안에서 활활 타오르는 불꽃을 보고 있으면, 자신 역시 가마 속 도자기 같다는 생각이 든다. 인생 2막을 도예가로 살아가고 있지만, 배워야 할 것은 물론 모자람 역시 많기에 자신이 아직 미완성된 도자기처럼 느껴졌기 때문이다.

강종말의 정성 속에서 완성된 도자기는 가마 밖으로 나오며 특별한 소리를 낸다. 뜨거운 도자기가 차가운 바깥 공기와 만나, 표면에 미세하게 금이 가며 생기는 소리는 자그마한 종을 치는 듯 영롱하다. 윤이 나는 자태와 아름다운 소리 덕분에, 가마를 여는 매 순간이 강종말에게는 감동이다. 간혹 뜨

거운 불길을 이겨내지 못하는 도자기도 많지만, 그 역시 방황하는 우리들의 인생과 닮아있기에, 강종말은 겸허하게 받아들인다.

도자기를 만드는 강종말의 섬세한 열정은 곧 눈부신 성과로 나타났다. 세계 각국에서 온 도자기가 천여 점 넘게 전시되는 김천 세계 도자기 박물관에 강종말의 도자기가 전시된 것이다. 그녀의 도자기는 그곳에서 관객들의 눈을 사로잡으며 군계일학의 아름다움을 뽐냈다. 평론가들 역시 각고의 노력 끝에 완성한 질감 처리 방법과 수려한 꽃무늬를 두고, 한국적인 멋을 독보적으로 해석했다는 호평을 보냈다.

강종말의 명성이 점점 높아지며, 김천의 작업장으로 도예 체험을 하러 오는 사람은 평균적으로 연간 4~5,000명 정도가 되었다. 도예 실력에 대한 소문을 듣고, 도자기를 보려고 직접 방문하는 사람은 그 배가 될 정도다. 전시장에서 강종말의 작품을 구매하지 못한 이들과 직접 구매를 원하는 이들도 찾아온다. 이들을 위해 강종말은 작업장 한쪽에 판매용 도자기를 비치해 두었다.

직접 흙을 빚고, 물레를 돌리면서 그릇 표면을 손으로 일일이 파내어 문양을 내야 하고, 10개를 넣어도 3~4개는 깨지거나 불량으로 나오기 때문에 도자기에는 다소 높은 가격이 매겨져 있다. 하지만 도자기 하나에 담긴 정성을 아는 사람들에게 가격은 구매를 망설이게 하는 요소가 아니다. 어느 하나 똑같은 것 없이 저마다의 독특한 모양을 가진 도자기는 제품이 아니라 하나의 작품이다.

직접 만든 도자기 중 강종말이 가장 아끼는 것은, 나무로 착각할 정도로 질감을 절묘하게 표현한 도자다. 한국 전통 창호 모양을 하고 있는 이 작품은, 총 다섯 개의 창호가 정겹게 겹쳐진 모습을 하고 있다. 뒤편에 달린 조명은 은은한 불빛으로 작업장 안을 밝혀 준다. 하나만 만들기에도 난이도가 상당했을 창호 형태의 도자기를, 강종말은 자신의 다섯 식구를 생각하며 온 정성을 다해 만들었다. 남편의 가전제품 대리점 사업을 돕는 동시에 엄마로서 세 아이를 키우고, 며느리로서 시부모님을 모셨던 그 시절. 그러다 불현듯 도예를 시작해서 잠을 줄여가며 몰입했던 고단한 시간. 그 도자기에는 억척같고 복닥복닥했던 그녀의 인생이 온전히 담겨 있다. 직접 만든 도자기들을 판매 중인 그녀지만, 전통 창호 작품만큼은 무수한 판매 요청을 계속 거절하고 있다. 그녀에게는 인생 자체인 작품이기 때문이다. 도자기를 사랑하던 그녀는 어느덧 도자기에 그녀 자신의 인생을 담게 되었다.

공방을 차린 후부터 마침내 도예가가 되기까지 쉬운 길만 펼쳐진 것은 아니었다. 하지만 강종말은 그 시간을 후회하지 않는다. 고단한 삶의 흔적이 그녀의 손끝에서 아름다운 작품으로 완성되었기 때문이다. 그녀가 도자기에 표현하는 질감은 누군가에게는 거친 세월의 흔적처럼 보일 수 있겠지만, 그녀의 삶이 담긴 질감은 도자기에 향기를 더한다. 강종말의 작품에서 느껴지는 사랑은 도자기가 그녀에게 보여 준 새로운 인생에 대한 희열과 감동이다.

잘 빚어진 도자기처럼
반짝반짝 빛나는 삶

강종말은 이제 또 다른 누군가의 스승이 되어 도예를 가르친다. 그녀는 자신의 공방에서 도예를 배우고자 하는 이들과 직접 소통하며 교육을 진행하고 있다. 수강생 대부분이 그녀와 10년 이상은 알고 지냈을 만큼 돈독한 사이다. 함께 인생을 살아간다고 해도 과언이 아니기에, 교육 분위기는 정겨운 가족 모임처럼 보인다. 수강생 중 생일자가 있는 날에는 밥상을 차려 함께 식사하기도 한다.

하지만 강종말은 도자기를 만들 때만큼은 누구보다 엄격

한 선생님이다. 제자들 역시 그녀처럼 도자기를 만드는 모든 과정에 최선을 다하길 바라는 마음에서다. 특히나 유약 작업은 강종말이 강조하고 또 강조하는 작업이다. 한 군데라도 잘못 발리진 않았는지, 유약을 모두 바른 후 필요 없는 부분은 제대로 닦였는지, 혹여 도자기가 움직여 유약 칠이 벗겨지지 않았는지, 그녀는 매의 눈으로 작업 과정을 지도한다. 수강생들은 그런 강종말에게 고마움을 느낀다. 다른 공방에서는 유약 바르기를 거의 배울 수 없기 때문이다.

도예가에게 유약 바르기는 수년간의 경험이 쌓여 만들어지는 기술이다. 도자기를 만드는 모든 과정이 그런 노하우의 집합체지만, 특히 유약 바르기는 도예가의 밥줄이라 불릴 정도로 민감하고 중요한 기술이다. 일반적으로는 수강생이 완성한 도자기에 도예가가 유약을 발라주는 식으로 진행된다. 하지만 강종말은 몸소 시범을 보이는 동시에, 수강생이 직접 유약을 바르게 해서 누구보다 생생한 체험을 돕는다. 그런 강종말에게 계속 배우고 싶어 서울에서 공방 근처 마을로 이사를 한 수강생이 있을 정도이다. 서울에서 도자기를 배울 때는 교육장에서 준비한 재료로 모양만 만들어 보고 끝났지만, 강종말은 모든 작업을 직접 해보도록 지도하기에 배움의 차원이 다르다는 것이다.

강종말이 가장 행복한 순간은 도자기를 만들며 고객, 관람객, 수강생들과 소통할 때다. 200여 점이 넘는 도자기를 전부 가마에 넣은 후, 구워지는 동안 계속 지켜봐야 하는 수업의 마지막 작업 역시 그녀에게는 행복이다. 허리가 굽고 관절염이 오는 등 온몸 구석구석 멀쩡한 곳이 없지만, 가벼운 스트레칭과 함께 근심 걱정을 모두 날릴 수 있는 것도 모두 그런 이유에서다.

배움에 대한 욕심이 곧 삶에 대한 열정과 용기가 될 수 있다는 것을 잘 알고 있기에, 강종말은 매순간 수강생 지도에 열과 성을 다한다. 유약을 바른 그릇이 본연의 예쁜 색깔을 찾아가는 것처럼, 제자들 역시 그들이 진짜 원하던 인생을 찾길 바라는 마음이다.

훌륭한 스승의 바람을 따라, 강종말의 수업을 들은 제자들은 인생이 바뀌기도 한다. 발달 장애 딸을 가진 수강생은 강종말과 도자기를 만들며 새로운 미래를 꿈꾸게 되었다. 온종일 딸 걱정만 하던 삶 속에서, 처음으로 스스로에게 집중하게 된 순간이 강종말과 도자기를 만들던 때였다. 이제는 바리스타가 꿈인 딸과 함께 카페를 열어서, 직접 빚은 도자기 컵에 음료를 내겠다는 행복한 미래를 그리고 있다.

"용기를 내지 못하고 주저했다면, 이곳까지 올 수 없었을 거예요."

이제는 성공한 도예가가 된 그녀는 혹시 지금 도전을 망설이고 있는 이들이 있다면 당장 용기를 내라고 말한다. 출발선에 선 모든 도자기가 완벽하게 만들어지지 않는 것처럼, 인생에는 시행착오가 있다. 하지만 계속해서 도전하는 마음과 자세를 갖춘다면, 결국에는 저마다의 매력을 가진 특별한 도자기를 완성할 수 있다. 강종말은 믿고 있다. 노력하는 이들은 각자만의 눈부신 성공을 달성할 수 있다고.

"살아 움직이는 한, 저는 계속해서 도자기를 만들 겁니다."

마음을 위대한 일로 이끄는 것은

오직 열정, 위대한 열정뿐이다

드니 디드로 Denis Diderot

사료 원료 수입업자에서 목장 대표로

조영현

행복한 소를 기르는 개척가
자유로운 소들의 아버지

너도 행복하고
나도 행복하고

매일 아침 요들송을 들으며 넓은 들판을 뛰놀고 신선한 풀을 먹는 소들이 있다. 한반도 최남단 장흥에 있는 어느 축사의 소들이다. 평온한 초원을 여유롭게 걷고, 매끼 신선한 풀을 먹고, 악취가 나지 않는 청결한 축사에서 잠을 자는 소. 우리에 갇혀 지내지 않는, 행복하고 온순한 소의 주인은 조영현이다. 일반적인 사육 방식보다 할 일은 배로 늘어나고 사육비 또한 더 많이 들지만, 조영현은 그만의 방식을 고수한다. 쉰이 넘은 나이지만 그는 정형화된 소 사육법에 맞서 자기만의 방식으로 소를 키우고 있다.

조영현의 일과 대부분은 축사를 관리하고 소들을 돌보는

것으로 채워져 있다. 그는 자식을 키우는 수준의 무한한 정성과 애정을 소들에게 쏟는다. 소들이 태어난 날짜나 계절에 따라 이름을 붙여 주기도 하는데, 조영현은 자신이 키우는 소들의 이름을 모두 기억한다. 많고 많은 가축 중 하나로 취급하는 것이 아니라, 한 마리 한 마리 소중한 객체로 대우하기 때문이다.

인공 사료를 먹여서 소를 빠르게 살찌우는 여느 축산 방식과는 달리, 좋은 것을 먹이고 건강한 환경에서 키운 소이기에 조영현의 소는 명품으로 불린다. 조영현이 소를 아끼고 귀하게 여기는 만큼, 사람들도 그 가치를 인정하기에 얻게 된 명칭이다. 그 인정이 있었기에 조영현은 명품 소를 키우는 일을 10년 넘게 지속할 수 있었다. 하지만 다른 무엇보다, 좋은 환경에서 키운 소들은 더욱 건강하게 자라 줄 것이라는 그의 믿음이야말로 명품 소를 만든 주역이다. 흔히 최상급으로 여겨지는 투플러스 한우는 1kg에 10만 원 정도로 거래된다. 그런데 조영현이 기른 한우는 2등급이 매겨지더라도 1kg에 무려 20만 원을 호가한다. 투플러스 최상급 한우보다 조영현의 한우가 2배 이상 비싼 이유는, 그의 소들이 행복하고 건강한 환경 속에서 자라기 때문이다.

처음 축산 일을 시작했던 9년 전, 조영현에게는 작은 송아지 12마리뿐이었다. 그러나 지극정성으로 소를 키운 덕분에 지금 그에게는 25마리의 수소와 80~90마리의 송아지가 있다. 모두 농장에서 직접 낳고 키운 소들이라 조영현에게는 자식 같은 존재다. 소중한 소들을 위한 야외 운동장을 만들고, 때론 직접 악기 연주를 해 주는 사랑과 열정이 있었기에 조영현은 100마리의 소 대가족을 꾸릴 수 있었다. 너른 들판을 마음 껏 거닐며 정말 소다운 일상을 보내는 소들을 볼 때마다 그의 마음은 행복으로 가득 찬다.

"너도 행복하고, 나도 행복하고, 우리 다 같이 행복하자."

인생 2막, 소를 키우며 보내는 조영현의 중심에는 '행복'이 라는 철학이 있다. 건강하고 행복하게 자란 소를 먹고 고객이 행복해진다면, 소를 기르는 그도 행복해진다는 것이다. 그 철학을 관철하기 위해 조영현은 '소를 소답게' 키우는 것에 최선을 다한다.

행복한 인생 2막을 위해 조영현은 노력을 게을리하지 않는다. 해가 뜨지도 않은 이른 시각, 신의도로 소금을 사러 가는 것 역시 노력의 일환이다. 그가 구매하는 소금은 갯벌의 흙을 다져 만든 염전에서 생산되는 '토판염'이다. 전통 방식으로 만든 토판염은 일반적인 소금보다 많은 시간과 정성이 들어가서 생산량도 적은데다가, 가격도 비싸다. 하지만 갯벌 속 천연미

네랄 덕분에 맛과 영양분 면에서는 보증된 소금이다. 풀만 먹는 소에게 부족한 영양소를 채워 주기 위해, 조영현은 토판염 장인이 사는 신의도로 왕복 7시간이라는 먼 걸음도 마다하지 않는다. 토판염 장인 박성춘은 조영현 씨가 소금을 사러 온 첫 날을 인상적으로 기억하고 있다. "소한테 왜 그렇게 비싼 걸 먹여요?" 박성춘이 묻자, "제 몸보다 귀한 소들이에요."라고 조영현은 답했다. 누군가의 눈에는 고집처럼 보일 수 있지만, 박성춘이 그때 조영현의 눈에서 본 것은 진정으로 소를 위하는 마음이었다.

보통의 소금보다 20배나 비싼 토판염이지만, 좋은 것을 소에게 먹일 생각에 집으로 돌아가는 길 내내 조영현의 얼굴엔 웃음이 가득하다. 그렇게 공수한 소금과 다양한 종합영양제를 풀에 뿌리면 소에게 대접할 식사가 완성된다.

조영현의 소 사랑을 따라 아내인 이은경도 정성껏 소들을 돌본다. 남편이 자리를 비워도 능숙하게 밥과 물을 배식하고 소들을 관리한다. 하지만 9년 전, 남편이 갑자기 소를 키우겠다고 선언하기 전까지만 해도 그녀는 자신이 시골에서 소를 키우며 살게 될 줄은 몰랐다. 소를 키우는 삶은 매우 고단해서 초반에는 적응하기 힘들었다. 하지만 한 번 마음먹은 일은 끝내 하고야 마는 남편의 성격을 알았기에, 이은경은 불평 없

이 따랐다. 그렇게 열정 하나 가지고 시작한 조영현의 인생 2막 초반은 갖은 고생의 연속이었다.

소를 키우기 시작한 첫 8개월 동안은 축사에 야전 침대를 놓고 생활할 만큼 바쁘고 정신없었다. 난생처음 소를 키워 보는 것이었기에 몸으로 부딪치며 배울 수밖에 없었다. 사람에게도 챙겨 주기 힘든 삼시 세끼를 매일 소들에게 챙겨 주었고, 외출도 하지 못한 채 갓난아기 돌보듯 소들을 보살폈다. 자신을 따라 장흥으로 오며, 나고 자란 서울과 떨어지게 된 아내를 생각하면 조영현은 마냥 미안하고 고마운 마음이 든다. 그렇게 10년 가까이 동고동락한 부부는 이제는 영혼의 파트너다.

소를 소답게
키우는 일

인생 2막을 시작하기 전, 조영현은 30년간 세계를 누비는 삶을 살았다. 중국, 호주, 미국, 캐나다 등 다양한 나라를 돌아다니며 사료 원료를 개발해 한국으로 들여오는 것이 그의 일이었다. 축산업에 종사하는 사람들이 주요 거래 상대였기에 자연스럽게 소와 목초에 관심을 가지게 되었다. 세계 곳곳에서 수

집한 정보 덕분에 더 좋은 사료를 바탕으로 한 사육 방법을 알게 된 그는 거래처 농가에 그 정보를 알려 주기도 했다.

하지만 농가 대부분은 그 방법을 실행하지 않았다. 소에게 좋은 먹이를 주고 좋은 환경을 조성해 주어도, 2년이 넘는 긴 사육 기간이 끝나고 도축을 해 봐야 고기의 상태를 알 수 있었기 때문이다. 그 기간을 단축하고도 높은 등급을 받을 수 있는, 이미 정형화된 방식도 있었다. 소의 처우를 개선하기 위해 굳이 시간과 노력을 들이려는 사람은 없었다. 조영현은 7~8년 동안 한우 농가들을 끈질기게 설득했지만, 별다른 반응이 없자 상당한 허탈함을 느꼈다. 그러다 문득 뇌리에 이런 생각이 스쳤다.

'이거, 나보고 하라고 남겨 놓은 것 같아.'

조영현은 곧장 하던 일을 정리했다. 그리고 농장과 소를 구해 장흥으로 내려왔다. 넓고 푸른 들판에서 소를 기르는 조영현의 인생 2막은 그렇게 시작되었다.

호기롭게 시작한 농장 생활은 생각만큼 녹록지 않았지만 세계를 누비는 동안 모은 정보를 실전에 적용해 보기에는 더할 나위 없이 좋은 기회였다. 어떻게 하면 소가 더 행복해질 수 있을지, 거듭 생각하면서 수많은 시행착오를 겪었다. 그 과정에서, 소가 건강한 신체를 가질 수 있도록 마음껏 뛰놀며 풀을 뜯을 들판을 조성했고, 토판염을 통해 소에게 부족한 영양소를 공급하는 방법을 알아냈다. 그러나 운동장과 토판염보다 그가 더 중요하게 여기는 것은 바로 풀이다. 조영현은 그 어떤 사료보다 풀이 한우에게 좋다는 사실을 몇 번이고 한우 농가에 전달했다. 하지만 그들은 이미 사용하고 있는 배합사료를 고집했다. 옥수수를 이용해 만든 배합사료가 소를 더 빨리 살찌우기 때문이었다. 조영현의 설득은 배합사료의 막강한 입지에 밀려, 별다른 변화를 끌어내지 못했다. 그렇지만 조영현은 좋은 풀을 먹은 소에서 좋은 고기가 나올 거라는 것에 믿음과 확신을 가지고 있었다.

조영현이 소에게 먹이는 것은 '알팔파'라는 목초인데, 겉모습은 평범한 건초와 다를 바 없지만 콩과 식물인 알팔파는 단백질과 미네랄은 물론 비타민까지 풍부하게 함유한 풀로, 목초의 여왕이라 불린다. 이파리가 많고 부드러워서 소화도 잘되고, 영양소가 소의 몸 곳곳으로 잘 스며들 수 있다. 거기에 '라이그라스'라는 식물도 섞는다. 조영현이 직접 지역 농가와 계약을 맺어 재배한 라이그라스는 알팔파 못지않은 영양소를 함유하고 있다. 촉촉하고 부드러운 식감까지 갖췄기에 소의 식사에 즐거움을 더해 준다.

소에게 알팔파를 먹인 결과는 놀라웠다. 배합 사료만 먹여 키운 소와 비교해 보니, 조영현의 소들은 좋은 영양분을 더욱 많이 함유하고 있었다. 따라서, 지방층이 적고 단단한 육질을 가진 조영현의 소고기는 낮은 등급을 받아도 높은 가격에 거래된다. 지방이 적어 질기지 않냐는 우려가 있지만, 그 걱정이 무색하게 쫄깃쫄깃한 식감과 고소하고 담백한 육즙의 풍미가 일품이다.

'소를 소답게 키우고 싶다'는 신념으로 버텨 온 9년은 분명 고되고 힘들었다. 하지만 조영현은 좌절하지 않았고 계속해서 노력했고 마침내 자신의 말이 틀리지 않았다는 걸 증명했다. 초식동물인 소에게 풀을 먹인다는 가장 상식적인 방법을 통해, 조영현은 '소를 소답게'라는 자신의 목표를 훌륭하게 달성한 것이다.

귀하게 키운 소를
소비자에게

산전수전 모두 겪은 조영현이지만, 소를 도축장에 보내는 일만큼은 좀처럼 적응하기 힘들었다. 한 달에 한 번, 도축할

소를 보내는 날이면 농장의 분위기는 180도 변한다. 트럭이 농장으로 들어오기만 해도 소들은 경계하고, 조영현도 마음의 안정을 찾지 못한다. 밧줄에 잡힌 소가 발버둥 치며 가쁜 숨을 내쉬는 소리, 남은 소들이 동요하며 우는 소리가 합쳐서 조영현의 심장을 옥죈다. 자식처럼 애지중지 키운 소가 겁에 질린 표정으로 떠나면 그의 마음은 이루 말할 수 없이 복잡해진다. 축사를 운영하기 위해서는 어쩔 수 없는 일인데도 조영현은 미안함을 감추지 못한다. 멍하니 소들이 어미 배 속에 있을 때부터 성체가 될 때까지 자신과 함께 보낸 시간을 회고할 뿐이다.

그렇기에 조영현은 도축에 더욱 신경을 쓴다. 귀하게 키운 소인만큼 소비자에게 더욱더 좋은 품질로 제공되길 바라는 마음이다. 고기를 구매한 사람들이 행복하고 맛있는 식사를 해야지만 소들의 죽음이 의미 있게 되기 때문이다.

도축장에서는 고기를 정형하고, 진공 포장해서 숙성실에 보관하고, 배송지에 보내는 것까지 모두 맡아서 해 주고 있다. 숙련된 도축자들도 조영현의 소고기 품질은 인정한다. 사료를 먹고 자란 보통 소보다는 덩치가 작기 때문에 도축 후 나오는 고기의 양은 적지만 육질의 탄력과 영양분 덕분에 그의 소고기는 높은 등급을 받고 비싼 가격에 거래된다. 조영현의 소고기는 고가에도 불구하고, 그 가치를 알아본 소비자들의 주문이 쇄도하고 있다. 다이어트를 하거나 가족들과 건강한 고기를 먹고 싶어 하는 사람들이 주요 고객층이다. 인기 덕분에 도축 전에 미리 주문해야 원하는 부위를 구매할 수 있을 정도다. 때문에 발굴이 끝나면 조영현은 구매 가능한 고기 부위를 SNS에 공지한다. 등심과 안심처럼 인기 많은 부위는 1~2년 뒤까지 예약이 차 있는 상태라서 비인기 부위 위주로 공지를 올리는데, 이마저도 주문이 빗발친다.

조영현은 소고기를 돈 대신 사용하기도 한다. 장흥 시내에서 빵을 판매하는 선강래와는 6~7년간 계속 소고기와 빵을 바꾸고 있다. 조영현이 고기를 잔뜩 건네면 선강래는 밀과 잡곡으로 만든 건강한 빵을 양손 무겁게 들려준다. 하지만 이는 단순히 고기를 돈 대신 지불하는 물물교환은 아니다. 가까운 이웃인 두 사람은 물건을 주고받으며 서로 안부를 묻는다. 조영현은 가져온 고기마다 가장 맛있는 조리 방법을 알려 주고, 선강래는 당일 만든 신선한 빵을 건네며 이웃 간의 두터운 정을 나누는 것이다. 빵 외에도 조영현은 식료품비나 수의사 진료비 등을 종종 소고기로 지불한다. 조영현의 소고기가 더 비싼 값을 하지만, 그에게 가격은 중요하지 않다. 이웃에게서 받는 도움과 응원은 고기의 몇 배에 달하는 가치가 있기에, 그는 양손 가득 챙긴 고기를 이웃과 아낌없이 나눈다.

장흥 말고도 조영현과 인연이 닿아 있는 곳이 있다. 전북 정읍에 위치한 한우 농가다. 농가의 주인은 조영현에게 한우 사육 방법을 지도받은 손영수다. 그가 조영현을 찾은 이유는, 건강한 소를 키운다는 조영현의 신념에 반해서였다. 식섭 장흥까지 찾아와서 소 사육에 관한 가르침을 구하는 손영수에게서 조영현은 과거 자신의 모습을 봤다. 한우 농가를 찾아다니며 새로운 사육 방법이 있다고 농장주들을 설득한, 자신의 간절했던 지난 시절을 기억하는 조영현은 선뜻 여러 노하우를 전수해 주었다. 그 방법을 바탕으로 손영수는 한우 농가를 시작했지만, 처음에는 주변의 반대가 정말 심했다. 가족들조차 기존 관행대로 사료를 사용하길 원했다. 하지만 조영현의 신념처럼 손영수 또한 본인의 믿음을 끝까지 지켰다. 그 결과 이제는 조영현이 부러워할 정도로 훌륭한 한우 농가를 완성했다. 손영수가 정읍에 한우 농가를 연 이후로도 그들은 계속 연락을 주고받으며 소중한 인연을 이어가고 있다.

자신만의 길을
개척하는 용기

이미 모두가 하는 방식은 편리하고, 어느 정도의 성과가 보장된다는 장점이 있다. 하지만 조영현은 그 길을 가지 않았다. 그가 자신만의 길을 개척한 이유는, 더 큰 보람을 찾기 위해서 였다. 그는 이것을 등산에 비유한다. 어릴 적부터 등산을 즐겼 던 조영현은 어느 순간, 험한 산속에서 자신만의 루트를 개척 하는 즐거움을 알게 되었다. 남들이 가지 않는 어려운 길로 정 상에 도착했을 때 느끼는 성취감은 그 어떤 것과도 비교할 수 없을 만큼 짜릿했다.

"산을 오르는 기쁨은 정상 정복에 있는 게 아니라, 새로운 루트를 개척하는 것에 있습니다."

그 후로도 그는 어떤 일을 하건, 남이 이미 한 방식을 쉽게 따라가지 않았다. 조영현의 진취적인 삶의 태도는 건강한 소 키우기로 빛을 발했다. 모두가 아는 편하고 쉬운 방식이 아니 라, 남들이 미쳤다고 말할지언정 자신만의 길을 찾아 도전을 멈추지 않은 끝에, 조영현은 편견을 깨고 성공을 이뤄 냈다. 고객의 쏟아지는 관심과 사랑 덕분에 이룬 성공인 만큼 더욱 열심히 소를 키워서 이에 보답하겠다고 그는 다짐한다. 건강 한 풀을 먹고 들판을 뛰노는 것, 가장 기본적인 것에 집중하 는 것. 오늘도 조영현은 삶의 정답을 찾아서, 자신만의 길을 개척하고 있다.

아무도 걷지 않은 길을 가라

애초부터 삶이란 수학 공식처럼

딱 맞아 떨어지지 않는다

자기 자신을 믿고

남들이 가 보지 않은 길을

새롭게 개척하는

도전 정신이 필요하다

스티브 잡스 *Steve Jobs*

주택 건축가에서 칼 대장장이로

김정식

아라가야 철기 문화 부흥을
꿈꾸는 칼 대장장이
전통 공법으로 최고의 칼을 만들다

최고의 칼이 아니면
만들지 않겠다

가슴 속에 뜨거운 열정을 품고, 홀로 철과 싸워 온 김정식은 칼 장인 대장장이로 불린다. 대장간 안, 망치 소리가 멈추지 않는 곳에는 늘 김정식이 있다. 젊은 시절엔 잠시 공방을 나와서 다른 일에 몸담은 적도 있었지만, 2대째 가업을 이어 대장간을 물려받은 그는 이제 힘닿는 데까지 대장장이고 싶다는 굳은 포부를 가지고 있다. 모든 제작 과정이 수작업으로 이뤄지기에 몸 이곳저곳이 축날 때도 많다. 하지만 그는 재료를 현대식으로 고급화할지언정 공법만큼은 전통을 고수한다. 국내의 대장간 중 아직까지 전통 수제 공법을 고수하는 곳은 많지 않기에, 김정식은 물론 그의 대장간 역시 귀한 대접을 받는다.

현대의 철은 재료 자체가 좋아서 손을 많이 타지 않아도 충분히 좋은 칼이 나올 수 있다는 의견이 있다. 하지만 김정식에게는 그저 근거 없는 얘기일 뿐이다. 불에 얼마나 들락날락했나, 몇 번 두드렸나, 철에 얼마나 많은 시간과 정성을 쏟았나에 따라 칼의 성능이 천차만별로 달라진다고 생각하기 때문이다. 철을 녹여 쇳물로 만들고, 거기에 진심을 쏟아 넣어야만 10배 이상의 성능을 가진 칼이 완성된다는 것이 그의 믿음이다. 전통 방식을 고수하는 그의 칼에는 대장장이의 뚝심과 자존심이 고스란히 담겨 있다.

전통 공법에서 가장 중요한 요소는 철을 달구는 불의 온도다. 너무 뜨거워도 안 되고 너무 차가워도 안 되는 미묘한 온도를 김정식은 육안으로도 분별한다. 수치에 의존하다간 오히려 작업을 그르칠 수 있기에 이러한 감각은 매우 중요한데 베테랑 김정식의 뛰어난 감각은 업계에서는 타의 추종을 불허한다. 물론 이런 실력을 갖출 때까지는 피와 땀으로 얼룩진 인고의 시간이 필요했다. 그중 김정식을 가장 괴롭게 만든 작업은 바로 철을 망치로 두드리는 것이다. 새빨갛게 달궈진 철을 원하는 모양으로 만들기 위해서는 철을 망치로 두드리는 작업이 필요하다. 한번 시작하면 기본적으로 철을 만 번 이상 두드려야 하기에, 중노동 수준의 체력과 정신력이 필요하다.

그 고생스러운 과정 탓에 매일 작업을 한대도 생산할 수 있는 칼의 양은 한정적이다. 하지만 좋은 칼을 알아본 사람들의 주문은 나날이 늘어나고 있어서 김정식이 만든 칼의 가치는 고공행진 중이다. 일류 요리사와 방송인들의 찬사를 한 몸에 받은 그의 칼에는 언제나 높은 금액이 책정된다. 여태까지 매겨진 가격 중 가장 높은 금액은 500만 원이다. 칼 한 자루로 치자면 어마어마한 금액이지만, 김정식의 실력이 더욱더 노련해질수록 돈으로는 환산할 수 없는 가치가 그의 칼에 매겨질 것이 분명하다.

이제 김정식의 칼은 가히 예술의 경지에 올랐다는 평을 받는다. 예술적인 작품의 가치와 동시에 칼이란 실용적 용도까지 갖추었기에 많은 사람은 그의 칼을 사랑한다. 그 사랑에 보답하고자, 김정식은 굳은 신념을 갖고 작업에 임한다.

"최고의 칼이 아니면 만들지 않겠습니다."

돌고 돌아 다시 대장간으로

김정식이 최고의 칼을 만드는 대장장이가 되기까지는 긴 사연이 있었다. 시작은 대장장이였던 아버지를 따라다니며 어깨 너머로 칼 만드는 모습을 구경하던 어린 시절이었다. 아들을 사랑한 아버지는 손수 칼 만드는 모습을 보여 주었고, 자상하게 이런저런 이야기를 해 주었다. 김정식은 아버지의 풀무질이나 망치질을 도우며 철 다루는 기술을 익혔다. 하지만 성인이 되고 난 후, 아버지는 대장장이의 현실을 아들에게 알려 주었다. 대장장이는 들이는 고생에 비해 돈벌이가 턱없이 부족한 직업이라고.

그래서 김정식은 아버지의 권유로 다른 직업을 가졌다. 통나무 주택 건축 일이었다. 캐나다인 스승에게 배운 독자적인 기법과 칼을 만들며 갈고 닦은 손재주 덕분에 김정식은 잘 나가는 건축업자가 될 수 있었다. 통나무 주택은 고가의 건축 기술이 필요하기에 꽤 많은 돈을 벌 수 있었다. 그런데 벌어들이는 돈에 비해 김정식의 마음은 전혀 편하지 않았다. 건축이 끝난 후 대금 정산 문제로 고객과 자주 법정 공방을 벌여야 했기 때문이다. 대부분은 그가 승소해서 돈을 받아냈지만, 집을 만들며 친분을 형성했던 고객과 원수 같은 사이가 되어야 한다는 게 정신적으로 큰 부담이 되었다. 젊은 날을 모두 바쳐 일궈 낸 성공은 인간관계로부터 오는 실망감 앞에서는 전혀 빛나지 않았다. 결국 마음의 병은 몸이 버티지 못할 수준으로 악화했고, 그는 급성 심근경색으로 쓰러지고 말았다.

김정식은 그때를 '죽었다 다시 살아났다'고 회고한다. 심장이 거의 다 망가져 버렸을 때, 골수를 뽑아 배양한 줄기세포로 되살린 탓에 김정식의 심장은 일반적인 심장의 40% 정도밖에 활동하지 못하게 되었다. 온전치 못한 심장으로는 건축일을 할 수 없었기에, 김정식의 인생에는 커다란 고비가 찾아왔다.

이때 가슴 한구석에 늘 품고 있던, 대장장이에 대한 꿈이 그 고비를 벗어나는 힘이 되어주었다. 어렸을 적에 아버지를 따라다니며 칼 만드는 일을 구경하고 직접 체험했던 행복한 추억을 되새길 때면, 사라졌던 삶의 활기가 돌아왔다. 그때서야 김정식은 어릴 적 배웠던 칼 만드는 기술을 자신이 전부 생생하게 기억하고 있다는 것을 깨달았다.

그렇게 그는 20년을 돌고 돌아, 다시 대장간의 문을 열게 되었다. 그 꿈을 실현하기까지는 녹록지 않았다. 대장간 건물을 얻을 당시, 김정식은 보증금을 낼 돈조차 없었다. 세상에 대한 회의를 피해서 자신의 오랜 꿈을 좇고자 한 것이었지만, 인맥도 자본도 없던 그에게는 걸음걸음이 고난이었다. 그 힘든 시간을 견디게 한 것은 오로지 칼에 대한 열정이었다. 인생에 큰 욕심이 있던 건 아니었기에, 그는 묵묵히 몸에 익은 기술을 바탕으로 철을 녹이고 두드렸다. 지친 몸과 마음을 다잡으며 먹고 살 정도만 벌면 충분할 거라고 생각했다. 그렇게 삶의 부담을 내려놓고 대장간에서 일하며 김정식의 마음은 점차 회복되었다. 아버지와의 추억으로 가득한 대장간이 그를 따스하게 품어 준 덕분이었다.

평온을 찾은 마음과는 다르게, 몸은 갈수록 고단해져갔다. 6~7년간 하루도 쉬지 않고 홀로 철과 씨름하며, 다리가 저리고 마비될 때도 많았다. 다리에 감각이 없어져서 주저앉은 적도 종종 있었다. 김정식은 매일 새벽같이 집을 나와, 자정이 다 되어서야 귀가했다. 급기야는 10m 정도조차 걷기 힘든 수준이 되어 수술을 받기도 했다.

온갖 고난에도 불구하고 김정식이 칼을 놓지 않은 것은, 아버지의 유지를 받들고 싶다는 마음 때문이었다. 아버지가 일구어 놓은 전통 칼의 명맥을 이어 가겠다는 열정과 대장장이로서 나만의 작품을 만들겠다는 결심이 그를 움직였다. 대장장이는 기술자마다 전문 분야가 달라서 차별화가 가장 중요한데, 김정식은 전통 칼로 승부를 보며 자신만의 확고한 입지를 마련할 수 있었다.

대장장이의 소명
전통을 재현하고 널리 알리는 것

김정식의 인생 2막이 이뤄지는 무대인 그의 대장간은 함안에 있다. 함안은 대장장이인 김정식에게 특별한 의미가 있는 고장인데, 바로 이곳에서 '말이산 고분군'이 출토되었기 때문이다. 말이산 고분군은 수준 높은 철기 문화를 자랑하며 전기 가야 연맹을 구성한 강국 아라가야의 흔적이다. 아라가야는 철의 제국으로 불렸을 만큼 철기 문화가 꽃피었던 나라다. 그렇기에 한국 전통 철기 문화의 새로운 부흥을 꿈꾸는 김정식에게 말이산 고분군, 그리고 함안은 특별한 곳이다.

말이산 고분군의 철기들을 볼 때면 김정식은 매번 새로운 감회에 빠져든다. 1,500~2,000년이라는 긴 시간이 지나서도 원래의 형태를 유지한 채 세상에 모습을 드러낸 역사는 현대를 살아가는 김정식에게 큰 자극이 된다. 그러한 감회를 바탕으로 김정식은 아라가야의 철기 문화를 현대에 다시 부흥시키고자 한다. 아라가야의 전통 도검을 재현하려는 것은 그것을 실현하기 위한 노력의 일환이다.

그는 아라가야 유물에서 발견된 특유의 문양을 연구하고, 실전에 사용해도 좋을 정도로 품질이 좋은 칼을 전통 아라가야 형식으로 만들어 내기 위한 노력을 지속하고 있다. 그의 노력을 높이 산 함안군 공예 협회에서는 그에게 전시회에 사용할 특별한 철 공예 작품을 의뢰했다. 김정식은 기쁜 마음으로 자신의 작품을 출품했다. 관객들은 예술에 경지에 다다른 그의 철기를 보고 감탄을 금치 못했다.

전통 철기의 새로운 부흥을 도모하는 것 외에 김정식이 아라가야의 전통 철기를 재현하려는 이유는 한 가지가 더 있다. 몸과 체력이 닿는 데가지 최선을 다해서 대장장이의 삶을 살고 싶다는 의지다. 처음 아라가야의 철기 유물이 출토되었을 때, 김정식은 자신이 그것을 원형에 가깝게 복원할 수 있을 거라는 사실을 단박에 알아차렸다. 오랜 경험을 통해 쇠가 부식되면 어떻게 변하는지 알고 있던 그이기에, 부식 전 유물의 원형을 예상하는 건 어렵지 않았다. 몇천 년이라는 오랜 세월 탓에 정확한 계산은 어려웠지만, 전통을 복원한다는 원대한 목표를 위해 그는 직접 아라가야 유물을 그대로 본뜬 전통 철기를 만들기로 마음먹었다. 그것이 대장장이로서의 업이기 때문이다.

칼 작업은 언제나 공방에서 홀로 해 나가지만, 김정식에게는 은인이 많다. 김정식이 인생 2막을 전통 칼 대장장이로 살수 있게 도움을 준 이들이다. 김정식은 그들에게 직접 만든 칼을 선물하며 고마움을 표현한다.

그중 한 명은 그의 오랜 단골인 서영진이다. 안동에서 물회 집을 운영하는 서영진은 김정식이 만든 칼을 무려 40자루나 소유하고 있을 정도로 고마운 고객이다. 7년 전, 우연한 계기로 김정식의 칼을 쓰게 된 서영진은 그 후부터 다른 어떤 칼에도 만족할 수 없었다. 예리하고 섬세한 칼 덕분에 물회 재료의 신선도도 더 오래 지속되었기에 서영진은 김정식의 칼을 고수하고 있다. 그 인연은 김정식이 자금난으로 힘들었던 시기에 서영진이 아무 말 없이 거금을 빌려주며 더욱 발전했다. 그렇게 두 사람은 판매자와 고객으로 만나, 누구보다 서로를 지지하는 친구가 되었다.

김정식에게 전통 칼 제작을 배우기 위해 공방으로 들어온 김정용 또한 소중한 인연이다. 뜨거운 불 앞에서 온종일을 보내고, 팔에 쥐가 날 정도로 철을 두드려야 하는 강행군이지만, 김정식은 포기하지 않고 성실하게 기술을 전수받는 제자가 정말 든든하다. 전통 기술을 지키는 대장장이라는 것에 자부심을 가져도, 정작 기술을 물려받을 사람이 없다면 그 노력은 전부 허상이 될 수밖에 없는데. 그런 김정식의 걱정을 잘 알고 있기에, 김정용은 몸과 마음을 다해 그의 기술을 습득하려 노력하고 있다.

3대째 가업을 이어 대장장이가 된 류성일 또한 김정식의 소중한 동료다. 대한민국에 남은 대장장이가 손에 꼽을 정도다 보니, 두 사람의 사이는 각별할 수밖에 없다. 이웃에 산다면 매일 보고 살 수 있을 정도로 둘은 통하는 것이 많아서, 한번 이야기가 시작되면 끝날 줄을 모른다. 만나자마자 각자 만든 칼을 꺼내어 보여 주는 두 대장장이에게는 소박한 꿈이 있다. 전국에 흩어진 대장장이들을 모아 함께 생활하는 것이다. 꿈같은 이야기지만, 충분히 실현 가능성을 가지고 있기도 하기에, 죽기 전에 꼭 한 번은 이뤄보고 싶은 마음이다.

"수많은 인연이 말해 주죠. 칼은 사람과 가까워지는 작업입니다."

쇠와 친해지고 불과 친해지는 과정은 칼을 만드는 사람과 칼을 사용하는 사람 사이의 거리를 좁혀, 더욱더 좋은 칼을 전달하기 위한 것들이다. 칼은 단순한 물건이 아니라, 타인과 소통할 수 있는 창구가 되어주었기에 김정식은 칼을 더욱 사랑하게 되었다.

때론 땀을 비 오듯 흘리며 고생하지만, 어디에도 속박되어 있지 않고 자기 길에 정진할 수 있기에, 김정식은 자신을 행운아라고 생각한다. 결코 쉽지 않았을 시간을 불보다 뜨겁고 철보다 강하게 버티며, 그는 자신의 인생 2막을 성공적으로 이뤄

냈다. 지금까지 버텨 온 시간은 분명 고생투성이지만, 칼이 만들어 준 자유와 소중한 인연들 덕분에 김정식은 행복한 대장장이로 살 수 있게 되었다.

새로운 인생 앞에서 그가 새롭게 세운 목표는 한국의 전통 방식으로 한국 전통 칼을 만들어 후대에 계승하는 것, 나아가 한국 전통 칼의 저력을 전 세계에 알리는 것이다. 김정식은 칼을 만들어 판매하는 것에 그치지 않고, 우리 역사의 전통을 지키는 동시에 그것에 새로운 의미를 부여하기 위해 고군분투 중이다. 우리 삶 속에 꼭 필요한 물건임에도 마냥 가깝게 느껴지지 않는 칼은 김정식의 노력을 통해 점차 새로운 의미를 부여받고 있다. 전통의 새로운 부흥을 향한 김정식의 열정이 그것을 점차 가능하게 만들며, 그의 인생 2막을 뜨겁게 달구는 중이다.

사람은 누구나

자기가 할 수 있다고 생각하는

그 이상의 것을 할 수 있다

헨리 포드 *Henry Ford*

가구 오퍼상에서 와이너리 대표로

최봉학

드넓은 아버지의 땅에서
한국 와인의 역사를 다시 쓰다
소믈리에들이 극찬한
거봉 와인의 창시자

돌아가신 아버지의 땅을 지키려

와인을 제조하는 양조장을 '와이너리'라고 부른다. 이름만 들어서는 프랑스의 깊은 시골에 있을 법한 이 장소가 한국에도 있다. 그곳은 바로 영천이다. 국내 최상 품질의 포도가 재배되는 영천에는 총 열네 곳의 와이너리가 위치해 있어서 한국의 부르고뉴라고 불리기도 한다. 이렇듯 한국 와인 시장의 큰 축을 담당하고 있는 영천에서도 가장 눈에 띄는 와인을 만드는 장인이 있다. 국내 소믈리에와 와인 애호가들의 호평은 물론, 해외 와인 경연 대회에서도 당당히 입상한 거봉 와인의 창시자, 최봉학이다.

최봉학은 1992년부터 영천으로 귀향해서 여러 과일을 재배하기 시작했다. 귀농 전까지 그는 대만에서 가구를 수입해 국내 가구 매장에 판매 및 영업을 하는 오퍼상이었다. 그는 사업 수완이 좋아서 꽤 많은 수입을 올릴 수 있었다. 일이 순탄하게 풀리던 중, 하필 대만과 국교가 단절되어 가던 시기가 겹치는 바람에 한순간에 수입로가 끊어지고 말았다. 물건을 공급하지 못하니 계약도 따낼 수 없었다. 오퍼상인 최봉학에게는 그야말로 사형 선고였다. 그렇게 적자에 허덕이던 때, 엎친 데 덮친 격으로 그의 아버지가 숨을 거두셨다. 직장 문제로 생계가 어려워진 와중에 생활마저 별안간 엉망이 되어 버렸다.

최봉학에게 남은 것은 기가 찰 정도로 넓은 아버지의 땅이었다. 홀로 남은 어머니께서는 이제 땅 관리를 누가 하냐고 걱정하셨다. 고민 끝에 결국 최봉학이 그 땅을 맡아서 관리하기로 했다. 1992년, 그의 나이 서른네 살이었다. 오퍼상을 그만두고 고향으로 돌아가 과수원을 한다고 했을 때, 주변인들은 최봉학을 말렸다. 쉽지 않은 길일 것이라고. 누구도 선뜻 가지 않는 길에는 다 이유가 있는 것이라고. 하지만 최봉학에게는 그 길을 걸어야만 하는 이유가 있었다.

"돌아가신 아버지의 땅을 지켜야 했습니다. 그건 제게 큰 의미였죠."

최봉학은 사과나무 과수원이었던 곳을 복숭아밭으로 새

로 일구고, 들에 있는 논밭은 포도밭으로 조성했다. 본격적인 귀농 생활의 시작이었다. 그로부터 30년 후, 대한민국 대표 와이너리가 되기 전까지는 실패와 좌절의 연속이었다.

포도 농사꾼에게 쥐여진
베를린 와인 트로피 은상

포도 농사를 시작한 첫 3~4년간은 많은 시행착오를 겪었다. 포도의 품질은 판매가 불가능할 정도로 좋지 않아서 아무런 수입을 낼 수 없었고, 빚을 지면서 밭을 일궈야 했다. 그러던 중, 최봉학은 포도에서 와인으로 눈을 돌렸다. 2008년경, 포도 수확량이 생과 판매만으로는 감당이 안 될 만큼 높았던 해였다. 가공 판매를 고심하지 않을 수 없었다. 거기에 더해 최봉학의 마음 한구석에서는 단순히 과일 농사, 그 이상의 가치를 바라는 열정이 불타오르고 있었다. 그러나 벽지의 인프라로는 포도를 새롭게 가공할 선택지가 많지 않았다. 전전긍긍하던 중, 우연히 영천시 농업 기술 센터에서 진행하는 포도 가공 취미반을 발견하게 되었다. 무엇이든 배워 보자는 마음으로 임했던 수업이었지만, 한 학기를 수강한 후 최봉학의 마음에는 확신이 가득해졌다. 앞으로의 포도 사업이 갈 길은 와인이라고 결론 내린 것이다. 주변 사람들은 무모한 도전이라고 말렸지만, 최봉학 씨는 뚝심으로 와인 공부에 전념하기 시작했다.

이 과정에도 여전히 쓰디쓴 실패가 기다리고 있었다. 과수원 농사에도 초보였던 그에게 와인 만들기는 다른 나라의 언어처럼 낯설었다. 어렵사리 완성한 2,000병의 레드 와인을 사업 홍보 차 여러 사람에게 나누어 주었지만, 못 먹을 정도로 떫고 쓰다는 혹평이 돌아왔다. 냉혹한 결과에 최봉학은 좌절에 빠졌지만 좌절 속에서도 그의 열정은 쉽게 사그라지지 않았다. 첫술에 배부를 리 없다는 말을 되새기며 그는 다시 화이트 와인 제조에 돌입했다.

이런 상황 속에서 가족들은 최봉학의 든든한 지원군이 되어 주었다. 포도밭의 크기만 5,000평에 달하고, 함께 판매하는 복숭아 역시 2,500평에 달하는 넓은 부지에서 재배되고 있기 때문에 혼자였다면 감당하기에 벅찼을 것이다. 그가 매일 밭을 성실하게 관리할 수 있는 것은 아내 김성미를 필두로 온 가족이 살뜰하게 도와준 덕분이었다. 끈끈한 가족의 정과 고된 농부의 땀, 그리고 사랑이 한데 어우러진 만큼, 넓은 포도밭은 매해 뛰어난 당도를 자랑하는 포도로 빼곡하게 채워지기 시작했다.

"포도들도 고생을 알아준 거죠. 이 포도들이 나를 아버지라고 여겨 주기 때문일 거예요."

그가 정성으로 길러 낸 포도의 맛은 특별하다. 최봉학은 여러 품종의 포도가 알차게 영글 수 있었던 것을 모두 땅의 공으로 돌린다. 영천의 땅이 비옥하기에 나무가 옹골진 열매를 맺을 수 있었기 때문이다. 땅을 어머니처럼 여기는 그이기에 농사에 있어서도 최대한 친환경적인 방법을 고수하고 있다.

최봉학의 포도로 만들어진 와인 또한 점점 맛을 갖춰 갔다. 좋은 맛을 내기 위해 공들인 결과, 그의 와인은 이제 특출한 맛을 자랑한다. 본토의 것과 견주어도 손색없을 맛과 잊을 수 없는 향에 소믈리에들과 와인 애호가들은 극찬을 아끼지 않는다. 해외의 반응도 예사롭지 않다. 2017년 세계 3대 와인 품평회 중 하나인 '베를린 와인 트로피' 대회에서 그의 와인은 은상을 수상했다. 한국의 와인이 해외에서 상을 탔다는 것은, 외국에서 만든 막걸리가 국내 전통주 대회에서 상을 받은 것과 비견될 정도의 쾌거다.

최봉학의 와인에 대해 전문가들은 기존에 없던 맛과 향을 한국적으로 해석해서 만들었다고 호평한다. 세련된 향취를 가진 와인을 필두로 승승장구 중인 최봉학의 와이너리의 비법은 바로, 포도 알맹이에서 껍질을 모두 분리한 후에도 몇 차례에 걸쳐 진행되는 철저한 여과 과정, 15도 이하의 저온 발효, 그리고 원료인 포도를 세척하지 않는 것에 있다고 한다.

일반적으로 포도에 묻어 있는 하얀 가루는 이물질이라고 생각하는 경우가 많은데, 최봉학에게 이는 와인을 제대로 숙성시켜주는 천연 효모다. 이 효모에 의해 맛이 결정된다고 해도 과언이 아닐 정도로 최봉학의 효모 사랑은 지극하다. 이 하얀 가루를 보존하기 위해 포도를 세척하지 않기로 결정한 것은 와인이 묽어지는 것을 방지하는 결정적인 역할을 했다. 이렇게 만들어진 원료는 1년의 저온 발효 기간을 갖는다. 이때에도 최봉학만의 법칙이 있다. 바로, 오크통에서 발효시키는 것이다.

최봉학은 오크통을 보물이라고 부른다. 한국의 와인에 부족한 탄닌이라는 성분과 와인 특유의 신맛은 오크통 발효로 완성되기 때문이다. 오크 나무에서 숙성된 와인에는 타는 듯한 중후한 향과 기분 좋은 신맛이 생겨난다. 균형 잡힌 와인 맛을 완성하는 필수 요소이기 때문에 한 개당 100만 원이라는 높은 가격과 재사용이 불가해 매번 새롭게 갈아 주어야 한다는 단점들을 가지고 있음에도 최봉학은 오크통을 고수하고 있다. 이러한 제조 방법은 최봉학의 와인이 입소문을 타기 시작한 당시, 국내 와인 학계에서도 놀라움을 금치 못한 방법이었다.

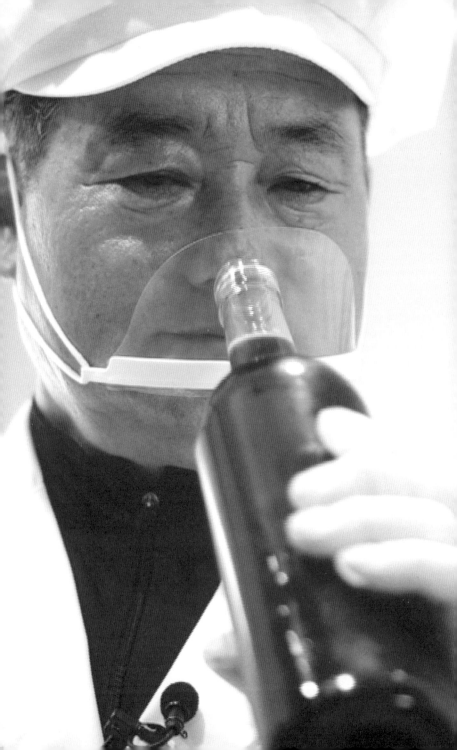

와인으로 좋은 성과를 냈기에, 최봉학은 포도 생과 사업보다는 생과를 가공하는 와인 사업에 좀 더 힘을 쏟고 있다. 생과로 팔 수 없는 상처 난 과일은 가공 과정을 거치면 훌륭한 와인으로 탄생하기 때문에, 포도를 생과로만 판매하는 것보다 와인으로 가공해 파는 것의 매출이 무려 3배나 더 높다는 것도 매력적이다. 흔히 과수원이라 하면 일반적으로 생과에 좀 더 치중해야 할 것으로 생각되지만, 최봉학은 과감한 선택과 집중으로 더욱더 좋은 품질의 와인을 생산해냈다.

깊은 내공이 담긴
거봉 화이트 와인과 복숭아 와인

베를린 와인 품평회에서의 수상과 더불어 국내에서 최봉학의 와인이 널리 알려진 계기는 바로 그가 만든 거봉을 이용한 화이트 와인이다. 그의 포도밭에서 주종으로 기르던 거봉을 화이트 와인의 원료로 낙점한 후에, 그는 전문가를 찾아가서 지도를 받으며 끊임없이 연구했다. 그리하여 2011년, 우리나라 최초의 거봉 화이트 와인이 최봉학의 손끝에서 완성되었다. 거봉 화이트 와인은 완성된 해부터 국내 유명 술 품평회에서 우수상을 거머쥐며 두각을 나타내기 시작했다. 실패와 좌절을 반복하던 최봉학에게 찾아온 큰 성과였다. 검고 굵은 거봉으로 만들어진 와인은 거짓말처럼 맑은 황금색을 띠고 있다. 기존의 와인에서는 느껴보지 못했던 특별한 향으로 유명해서, 코로나 이후에는 택배 주문이 수없이 들어올 정도다. 많을 때는 하루에 백 개를 훌쩍 넘긴 수량의 와인을 포장한다. 맛과 품질은 물론, 와인을 대하는 최봉학의 정성에 감동한 고객들의 재주문도 빗발치고 있다. 이후, 그는 와인 제조에 자신감을 가지고 임하게 되어 13년간 총 13종의 와인을 만들었다.

또 다른 효자 와인으로는 복숭아 와인이 있다. 2,500평의 큰 땅을 차지하고 있는 그의 복숭아밭에서 나온 털복숭아가 그 원료다. 본래 사과밭이었던 곳을 작황이 좋다는 복숭아밭으로 새롭게 일군 것이 복숭아 와인을 만들게 된 계기였다. 밭을 바꾸는 과정에서 과실이 안정적으로 열리기까지 수년간 고생을 해야 했지만, 다른 어떤 밭에서 난 복숭아보다 당도가 높고 실하기에 최봉학에게는 자부심 그 자체다. 덕분에 생과 판매는 매번 좋은 실적을 냈다. 가족들까지 팔을 걷어붙이고 십시일반 도와야 할 만큼 많은 물량의 주문이 들어왔다. 하지만 제철 과일이라는 특성 때문에 생과뿐만 아니라 다른 판로가 필요했다.

복숭아를 원료로 한 와인을 만들겠다고 결정한 건 이례

적인 일이었다. 복숭아는 와인의 원료로는 좋은 과일이 아니었다. 과일 자체도 너무 단단했고, 안에 커다란 씨가 있기 때문이다. 그런 복숭아로 와인을 만들어 보겠다는 결심을 했을 때, 최봉학은 걱정하거나 두려워하지 않았다. 또 다른 도전에 대한 벅찬 기대감으로 가슴이 뜨거워졌다.

연구를 거듭한 끝에 그는 복숭아를 냉동한 후 해동해서 과육을 부드럽게 만드는 방법을 찾아냈다. 과일 보관과 씨앗 제거를 한 번에 해결할 방법을 필두로 본격적인 생산을 시작한 복숭아 와인은 거봉 와인이 그러했던 것처럼, 값진 상을 받으며 그 존재를 알렸다. 이는 와인 메이커 최봉학의 명성을 더욱 드높여 주었다.

이제 그의 와이너리에서는 만들지 않는 와인이 없을 정도다. 최봉학은 그 눈부신 성과를 낸 공을 모두 땅에게 돌린다.

"좋은 집안에서는 좋은 인재가 나오는 법이죠."

좋은 집안처럼 비옥한 땅이기에, 그 안에서 피어난 포도 역시 당도 높고 신선한, 좋은 인재일 수밖에 없다는 것이다. 이렇듯 하루도 빠지지 않고 땀 흘리며 밭을 일구는 성실함과 모든 공을 땅에 돌리는 겸손함이야말로 최봉학이 만든 와인의 품격을 높이는 가장 중요한 원료다.

각고의 노력 끝에 완성된 와인은 이제 최봉학의 삶에 없어서는 안 될 존재다. 와인 메이커로서 최봉학은 큰 자부심을 갖고 있다. 재배, 수확, 가공 과정이 아무리 힘들어도, 고객이 좋은 평을 남길 때의 보람과 자부심의 크기에 비하면 그 지난함은 아무것도 아니라고 한다.

"이 와인 정말 잘 만들었네요. 너무 맛있어요. 대표님, 고생하셨습니다."

최봉학의 피땀 눈물을 위로해주는 것은 와인으로 벌어들인 수입도, 본인 소유의 넓은 땅도 아니다. 그가 사랑해 마지않는 와인을 함께 즐겨 주는 이들의 따스한 말 한마디다.

누구도 가지 않은 길을
걷는 이유

규모 있는 와인 산업체의 대표가 되었지만, 최봉학은 여전히 사소한 일도 도맡아서 한다. 사무실 앞에 자란 잔디 관리도 그의 몫이다. 또한 농부라는 본업을 잊지 않으려고 아침 일찍부터 밭에 나가서 성실하게 땀을 흘리며 일한다. 그가 초심을 잃지 않으려고 하는 이유는 무엇일까?

귀농을 결심한 30년 전을 돌아보면, 아버지가 남겨주신 땅을 지키기 위함이었다. 쉬운 길은 아니었다. 하지만 그 인고의 시간 동안 훌륭한 성과를 낸 최봉학에게 땅과 과수원은 아버지의 유산을 넘어, 이젠 없어서는 안 될 가족이 되었다. 가족 같은 땅을 남겨 준 부모님께 감사할 뿐이다. 부모님의 산소에 절을 올릴 때마다 그는 '땅을 잘 가꾸어 나가겠습니다.' 다짐한다. 그 뜨거운 마음이 연료가 되어준 덕분에 최봉학은 누구도 가지 않은 길에 확신을 가졌고, 마침내 인정받는 와인 메이커가 되었다.

고된 시기를 거쳐 마침내 얻게 된 와인 메이커라는 타이틀이 부끄럽지 않도록 최봉학은 연구에 더욱 박차를 가한다. 모두가 잠든 후에도 그의 방에는 불이 꺼지지 않는다. 다양한 포도의 품종으로 새 와인을 개발하기 위해 재료부터 생산 과정의 모든 부분을 신경쓰고 있기 때문이다. 최봉학이 이루고 싶은 궁극적인 목표는, 프랑스와 미국 등 와인의 본토라고 불리는 곳까지 그의 제품을 수출하는 것이다. 최봉학이라는 이름을 넘어, 한국의 와인을 전 세계 최고의 와인으로 만들고 싶다는 담대한 포부 가득 담긴 목표다.

와인은 쓸쓸한 사람에게는 위로를, 근심에 짓눌린 사람에게는 해방감을 주는 멋진 술이다. 최봉학의 와인은 그 황홀한 맛을 느끼는 사람은 물론, 직접 와인을 만든 최봉학에게도 해방감과 위로를 준다. 앞으로의 긴 시간 속에서 또 어떤 시련이 닥쳐올지 모르지만, 얼마만큼의 땀과 눈물을 흘리게 될지 모르지만, 그 시간은 모두 와인을 향기롭게 영글게 할 양분이 될 거라고 믿으며, 최봉학은 대한민국 최고의 와인 메이커가 되는 인생 2막을 꿈꾸고 있다.

길이 없으면 찾고

찾아도 없으면

만들면 된다

정주영

건설업에서 돌장어잡이 어부로

김영운

바다의 순리대로
그저 흘러가는 대로
치열한 도시를 떠나
무한한 영일만의 품에 안기다

영일만의 풍요로움에 이끌려

　포항의 영일만은 '가장 먼저 해를 맞이한다.'는 뜻을 가진 바다다. 사시사철 아름다운 풍경을 자랑할 뿐 아니라 언제나 풍요로운 어획이 가능하기에 영일만은 말 그대로 천혜의 어장이다. 영일만의 날씨는 변화무쌍해서 하루 중에도 시시각각 얼굴을 바꾼다. 얌전한 바람을 타고 살랑거리다가, 어느 순간 돌변해서 거친 파도가 몰려오기도 한다. 그럼에도 불구하고 영일만을 처음 보는 사람들은 물론, 김영운을 포함한 어민들은 이 바다에 이유 모를 아늑함을 느낀다.

　김영운은 영일만의 포근한 풍요로움에 이끌려 귀어를 결심한 바다 사나이다. 그는 오늘도 인생이라는 바다 위에서 자기만의 항로를 개척 중이다. 동네의 맥가이버이자 검은 돌장어 시장의 큰손으로 불리는 김영운의 하루는 영일만이 바로 내다보이는 작은 어촌 마을에서 시작된다.

영일만의 아름다운 풍경을 완성하는 것은 몽돌이다. 남해와 서해의 해변은 갯벌로 이루어졌지만, 영일만이 위치한 동해의 해변은 대부분이 돌이다. 쉼 없이 몰려오는 파도에 거대한 돌이 깎여 나가며 자그맣게 변한 것이 이 몽돌인데, 둥근 생김새와 윤기 나는 검은 표면은 해변의 분위기를 특색 있게 만든다. 거친 파도와 단단한 돌이 서로 살을 부대끼며 만들어 낸 몽돌은 관광객들이 기념품으로 가져갈 만큼 인기 좋은 영일만의 마스코트다.

김영운 역시 이 몽돌 덕을 톡톡히 보고 있다. 귀어한 뒤 10년 넘게 영일만의 특산품인 검은 돌장어 어획을 해 오고 있기 때문이다. 영일만을 포함한 일부 지역에만 서식하는 이 돌장어의 몸은 다른 장어들과 달리 짙은 검은색이다. 검은 몽돌이 깔린 영일만에서 생존하기 위해 몸이 검게 변한 것이다. 특별한 생김새와 영일만의 거친 바다에서 생존하며 만들어진 쫄깃한 식감 덕분에 검은 돌장어는 미식가들에게 인기가 많다.

검은 돌장어의 본격적인 조업 기간은 4월부터 11월까지다. 수온이 높으면 높을수록 활동이 활발해지는 종이라 조업 기간 중에서도 여름은 그야말로 호황기다. 작업은 반나절 넘게 계속된다. 본격적인 조업 시기에는 한 달에 5일 정도만 쉬면서 고강도의 노동을 계속해야 한다. 고단하지만 김영운은 얼굴 하나 찌푸리지 않는다. 그건 단순히 수입 때문이 아니다. 바다가 그에게 주는 선물에 매일 감사하기 때문이다. 수확량이 적든 많든 그 양을 떠나, 자연을 벗삼아 일할 수 있다는 감사함 속에서 그는 욕심을 내려놓을 수 있었다.

통발을 거둬들이기 위해 바다로 나설 때면 김영운의 가슴은 떨린다. 매일 반복되는 일임에도 여전히 모험을 떠나듯, 어떤 일이 생길지 기대하며 설렌다. 그렇게 모험가처럼 나선 바다에서 그는 언제나 넉넉한 수확을 안고 돌아온다. 그러나 풍족한 기쁨을 느끼는 와중에도 어린 물고기는 놓아주는 것을 잊지 않는다. 모두 잡아들이려 욕심을 부리다간 시간이 흘러 아무것도 잡을 수 없다는 사실을 아주 잘 알고 있기 때문이다.

수확량이 가장 좋았던 시기, 김영운은 하루에 800kg까지 장어를 잡았고, 일주일에 3,500만 원이라는 놀라운 수입을 기록했다. 이렇듯 호황기에는 높은 수입을 올리고 조업 기간이 끝나면 육지에서 쉬기 때문에 누군가는 장어잡이가 꿈의 직장이라고 말한다. 자칫 바다 위에서 겪은 고생들이 모두 평가 절하당한다고 느낄 수 있지만 김영운은 넉살 좋게 웃으며 고개를 끄덕인다. 다만 쉽게 보고 도전하더라도, 숙련자가 아니라면 굉장히 힘에 부칠 것이라는 조언을 해준다. 그 조언 속에서는 김영운이 아직 장어잡이에 숙련되지 않은 시절에 겪었던 노고와 고생이 가득 담겨 있다.

바다에 통발을 내리고 장어를 기다리는 긴 시간 속에서, 바다는 김영운에게 많은 것을 알려 주었다. 수확이 안 좋더라도 조급함을 버리고 내일을 바라볼 수 있는 여유가 바로 그것이다. 이른 아침에 넣어 둔 통발을 늦은 저녁에 걷어 볼 때, 기대를 안 할 수가 없었다. 하지만 100개의 통발을 걷어도 장어가 없다면 그 실망감은 배로 커진다. 그렇게 실망에 잠겨갈 즈음, 거짓말처럼 장어가 낚여 올라오는 경험을 수도 없이 해 왔기에 이제 그는 조황이 좋지 않더라도 여유를 가지고 기다릴 수 있게 되었다. 배를 타고 바다로 나와, 자연과 하나 되며 배운 교훈과 낭만은 김영운의 삶 속에서 뺄 수 없는 것이 되었다. 바다 위에서 그는 열정이 넘치는 동시에 온화하다.

"바다는 다른 어느 곳보다 제 마음이 편안해지는 곳입니다."

바다에서 찾은 마음의 평화

이제는 영일만에 대해 속속들이 알고 있는 김영운이지만 처음부터 바다와 가까이 지냈던 것은 아니다. 사실 그는 물 공포증을 앓고 있었다. 주변 사람들은 그에게 물 공포증이 있었다는 사실을 알게 될 때면 놀라움을 금치 못한다. 그도 그럴 것이 배 위에서 김영운은 누구보다 날래고 능숙하게 움직이기 때문이다. 오랜 조업 생활 속에서 바다에 어느 정도 적응한 덕분이다. 사실 김영운은 아직도 깊은 바다에 나가면 일말의 불안감을 느낀다.

그가 귀어를 선택한 것은 물 공포증보다 더 무서운 감정으로부터 도망치기 위함이었다. 귀어하기 전, 그는 서울에서 25년간 인테리어업에 종사했다. 건설업의 특성상 공사 때마다 비용적, 인력적인 측면에서 지속해서 스트레스를 받아 왔다. 서울이라는 공간이 약육강식의 냉혹한 정글처럼 느껴질 정도였다. 삶에 감흥이 사라지면서 자연히 살고자 하는 의지도 바닥으로 떨어졌다.

그런 김영운을 위로한 건 영일만이었다. 휴양을 위해 우연히 방문한 영일만에서 그는 아늑함을 느꼈다. 서울에서의 고군분투는 잠시나마 잊고, 온전한 마음의 평화를 느낄 수 있었다. 그렇게 매년 영일만을 찾아 위로받고 떠나다 보니, 문득 이곳에 터를 잡고 싶다는 생각이 들었다. 그는 곧장 서울의 삶을 정리하고 영일만으로 거처를 옮겨 인생 2막을 시작했다.

2010년부터 영일만에 내려와 지금까지 살며, 김영운은 자신의 몸과 마음이 서서히 변하는 걸 느꼈다. 서울에서 사람에 치이며 살던 시기, 그는 다소 공격적이었고 매 순간 이해득실을 따졌었다. 하지만 이곳 영일만에서, 그는 욕심을 버리고 주변의 흐름에 몸을 맡기는 여유로운 사람으로 바뀌었다. 쉼 없이 다가왔다가 사라지는 파도처럼, 운명과 순리에 순응하게 되었다.

"제 활력의 비결은 자연과 함께하는 삶에서 얻은 평온입니다."

그 어느 때보다 마음이 편안하다는 사실에 감사하며 사는 매일은 그에겐 행복 그 자체다. 날씨가 안 좋아 조업을 나가지 못하는 날에도 김영운은 분주하다. 다양한 공구와 사다리를 챙겨서 집을 나서는 이유는, 영일만 마을 사람들에게 도움을 주기 위해서다. 인테리어업에 종사했던 실력을 바탕으로 김영운은 틈틈이 마을 사람들의 집 보수를 돕는다. 처음 귀어했을 때, 능숙한 용접 솜씨로 배 수리를 도운 것이 시작이었다. 마을 사람들은 점차 그에게 다양한 부탁을 하기 시작했다. 만약 서울에 살던 시절이었다면 이런 부탁들은 바쁘다는 이유로 거절했을 거다. 그러나 내면의 여유를 얻은 김영운은 그 부탁을 기꺼이 받아들였다. 영일만으로 갓 이사 온 시점이었기에 김영운은 마을 주민들에게 낯선 이방인이었지만, 그들의 부탁을 들어주면서 좀 더 내밀한 소통을 시작할 수 있었다. 호의로 부탁을 승낙하고 노력과 정성으로 다가간 덕분에 마을 주민들은 곧 그에게 마음을 활짝 열어 주었다.

이제는 마을에 있는 대부분의 집들이 그의 손길을 거쳤을 정도다. 이웃들은 그가 집을 보수해 주면 장어 낚시에 관한 노하우를 알려 주었고, 그렇게 오고 가는 도움 속에서 한마을 사람 간의 정이 돈독하게 쌓였다. 지역 사회가 하나 되어 살아가는 재미는 그뿐만이 아니다. 조업을 마치고 선착장으로 돌아온 어민들을 위한 깜짝 어시장은 어촌 마을의 끈끈한 정을 확인할 수 있는 이벤트다. 갓 잡은 신선한 생선의 우수한 품질과 저렴한 가격 덕분에 어시장은 그야말로 축제 분위기다.

"역시 바닷가 인심이 최고죠. 서로 부족한 게 있으면 채워 주고, 넘치면 나눠주는 일상 덕에 마음이 언제나 넉넉합니다."

모두 합심하여
검은 돌장어를 널리 알리다

영일만에서 느낀 사랑에 보답하기 위해 김영운은 검은 돌장어를 더욱 널리 알릴 계획을 세웠다. 검은 돌장어를 맛보려고 외지에서 나들이객들이 일부러 방문할 정도로 영일만 검은 돌장어의 맛과 품질은 우수하다. 하지만 가장 가까운 포항에서조차 검은 돌장어가 영일만 앞바다에서 잡힌다는 사실은 모르고 있었다. 불과 몇 년 전까지만 해도 검은 돌장어는 kg당 7~8천 원이라는 헐값에 거래되었다. 일본에 수출될 뿐 아니라 부산 등 각지에서 주문이 들어올 정도였는데도 돌장어의 인지도와 명성이 낮아서 어쩔 수 없었다.

문제를 타파하고자 김영운은 영일만 검은 돌장어를 널리 알리기 위해 돌장어 축제를 기획했다. 영일만 어민들의 생활 개선도 축제의 목표 중 하나였다. 김영운은 검은 돌장어가 지역 특산품으로서의 입지를 굳히고 장어 시장에서 경쟁력을 갖춰서 어민들이 적절한 가격을 받고 검은 돌장어를 판매할 수 있게 된다면, 생활 개선은 물론 지역 발전도 이룰 수 있을 거라고 주장했다. 어민들은 그 주장에 마음 깊이 동의하며 그의 계획을 전적으로 지지했다. 이후의 절차는 속전속결로 이루어졌다. 2011년, 포항시와의 협의 끝에 첫 돌장어 축제가 열렸다.

처음에는 마을 단위로 작게 열린 축제였다. 그러나 검은 돌장어의 맛과 품질에 대한 입소문이 널리 퍼지면서 해마다 축제의 규모는 커졌다. 이제는 지역 대표 축제로 확고하게 자리 잡은 돌장어 축제의 주역은 단연, 돌장어를 이용해 만든 축제 음식이다. 그 중심에는 김영운이 누구보다 믿고 의지하는 아내이자 축제 음식을 총괄하는 김미자가 있다. 바삭한 돌장어 강정, 장어 만두, 장어 칼국수, 장어 탕수 등 다양하고 색다른 요리들은 관광객의 입맛을 사로잡았다. 수년간 장어 전문 음식점을 운영하며 쌓아 온 김미자의 노하우가 빛을 발한 순간이었다.

한편, 김영운은 불필요한 유통 과정을 없애 소비자들이 더욱 합리적인 가격으로 검은 돌장어를 접할 수 있도록 길을 연 장본인이기도 하다. 돌장어를 잡아 파는 과정에서 그는 필요 이상의 중간 과정이 있다는 사실을 알게 되었다. 그 유통과정은 가격 증가의 원인이기도 했다. 김영운은 산지에서 직송으로 고객에게 제품을 유통하는 전국적인 유통로를 고안했고, 이는 소비자는 물론 어민들에게도 좋은 영향을 끼쳤다. 이를 통해 김영운은 장어를 택배로도 판매하고 식당에서 구이로도 판매한다. 수확을 마친 다음 날 아침, 그는 직접 잡은 장어들을 그의 집으로 운반한다. 집 바로 아래층에 그가 운영하는 장어 전문점이 있다. 바다에서 잡힌 후 시간이 꽤 지났음에도 여전히 수조 안에서 힘차게 헤엄치는 장어의 품질은 두말할 필요 없이 일품이다. 오로지 그의 장어를 먹으러 영일만으로 오는 관광객이 생길 정도다.

김미자가 운영하는 장어 전문점은 탁월한 맛으로 유명하다. 쫄깃한 식감과 풍부한 영양을 자랑하는 장어는 그녀의 손끝에서 그 진가를 발휘한다. 일반적으로는 구이를 많이 찾지만, 김미자가 솜씨를 가장 잘 발휘할 수 있는 음식은 장어탕이다. 이 장어탕으로 대회에서 상을 받았을 만큼, 김미자의 장어 요리 솜씨는 수준급이다. 자신이 잡아 온 장어를 최고의 요리로 완성하는 아내 김미자는 김영운의 인생 최고의 동반자다.

김미자는 자신이 장어 요리에 능숙해질 줄은 꿈에도 몰랐다. 남편을 따라 영일만으로 내려오게 된 것 역시 전혀 생각지 못한 삶의 변화였다. 그녀는 영일만으로 내려가는 것은 물론, 장어를 잡고 파는 것까지 전부 반대했었다. 하지만 하고자 하는 일은 꼭 해내고야 마는 남편의 도전 정신을 꺾을 수는 없었다.

그렇게 서울에서 가정주부로 살아온 그녀는 졸지에 가게를 맡게 되었다. 울며 겨자 먹기였지만, 김미자는 곧 마음을 고쳐먹었다. 온종일 장어를 잡으며 고생하는 남편에게 도움이 되고 싶다는 마음과, 인생의 새로운 항로를 개척하는 남편을 따라 자신의 인생 또한 새롭게 바꿔 보겠다는 의지 속에서 그녀는 점차 장어 요리의 대모로 거듭났다.

김영운이 검은 돌장어로 시작한 인생일대의 도전 뒤에는 든든한 배우자 김미자를 비롯해 그의 새로운 도전을 전적으로 지지해 준 마을 어민들이 있었다. 흔히 청춘의 전유물로만 여겨지는 '도전'이 늦은 나이에 가능했던 것 역시 그들 덕분임을 잘 알고 있다. 김영운은 바다보다 더 넓고 푸르른 사람들의 마음과 자신을 품어 준 영일만에 감사하며 하루하루를 보낸다.

삶의 고통을 견디며
바다 위에 피워낸

이전에는 공포의 대상이었지만, 이제 김영운에게 바다는 직장이자 가장 익숙하고 정겨운 장소 그리고 인생의 동반자다. 그는 앞으로도 계속 자연에 동화되어 자연이 뿌린 대로 거두어가는 운명 공동체의 삶을 살길 원한다.

김영운의 목표는 영일만의 검은 돌장어를 지금보다 더 널리 알리는 것이다. 현재도 주문이 끊이지 않고 있지만, 더 큰 목표를 이루기 위해 김영운은 체력이 닿는 한 배를 타겠다고 말한다. 10년이 넘는 시간 동안 수백 개의 통발에 일일이 미끼를 넣고, 조업 장소를 찾아 몇 시간 동안 배를 몰고, 고된 바다낚시를 멈추지 않은 의지는 그곳에서부터 출발한다.

더 바랄 게 있다면, 인생의 동반자인 바다의 건강을 돌보며 그와 주변 사람들 모두 건강한 삶을 사는 것. 넓고 푸른 바다 위에서 피어난 김영운의 바람은 그토록 소박하다. 그렇기에 더욱 소중하고 빛난다. 마치 진주처럼, 삶의 고통을 견디며 피워 낸 내면의 평화는 이제 그에게 무한한 기쁨을 선사하고 있다. 매일 변화무쌍한 모습을 보여주는 바다처럼 그 무한한 가능성을 향해 항로를 개척하는 김영운의 삶은 우리의 순수한 마음을 일깨워 주는 좋은 본보기다. 나만을 위해 살아가는 것이 아닌, 바다와 함께 살아가는 삶 속에서 김영운은 어느새 바다처럼 풍요롭고 넓은 사람이 되었다.

20년 후 당신은

했던 일보다 하지 않았던 일로 인해

더 실망할 것이다

그러므로 닻줄을 풀어라

안전한 항구를 떠나 항해하라

당신의 돛에 무역풍을 가득 담아라

탐험하라, 꿈꾸라, 발견하라

마크 트웨인 *Mark Twain*

제조 수출업체 대표에서 트로트 가수로

인치완

인생은 한방, 50년 만에 이룬 꿈
환갑 기념 음반에서
정식 가수 데뷔까지
참았던 꿈을 터뜨리다

꿈을 참고 살아온 세월

50년 만에 꿈을 이룬 행복한 남자가 있다. 배우 인교진의 아버지 인치완이다. 그가 평생 간직해 온 꿈은 가수가 되는 것이었다. 하지만 삶 속의 여러 문제에 치이며 몇 번이고 그 꿈을 포기해야 했다. 그렇게 시간이 흘러 2017년, 예순네 살의 나이로 인치완은 마침내 가수가 되었다. 그의 삶은 이제 노래를 빼고는 설명할 수 없게 되었다.

가수는 어릴 적부터 상상만 해 오던 것이었다. 어린 시절, 라디오와 가깝게 지냈던 덕분에 노래를 자주 들었다. 노래를 듣다 보니 직접 부르고 싶어졌고, 직접 불러보니 듣기만 했을 때와는 다른 새로운 감상이 그의 마음 안에 자리 잡았다. 노래를 사랑하는 청소년으로 자란 인치완은 중학교에서 잊지 못할 은사를 만났다. 당시 음악 선생님이던 노정우다.

남몰래 가수의 꿈을 가지고 있던 노정우는 노래할 때면 눈이 밝게 빛나는 소년, 인치완에게 남다른 애착을 보였다. 그는 방과 후에 기타와 풍금으로 반주를 하며 직접 노래를 가르쳐 줄 정도로 인치완을 각별하게 대했다. 은사의 응원 속에서 인치완의 노래 사랑은 점차 가수가 되겠다는 구체적인 꿈으로 모습을 갖추어 갔다.

꿈을 향해 손을 뻗기 위해 인치완은 서울에 있는 학교로 진학을 희망했다. 하지만 그의 아버지는 아들의 꿈에 결사반대하고 나섰다. 당시만 해도 가수는 광대나 딴따라 등으로 얕잡아 불리는 직업이었기 때문이다. 아버지는 물론 어머니까지 결사반대하고 나선 탓에, 어린 인치완은 어쩔 수 없이 꿈을 그저 꿈으로만 마음 깊이 간직해야 했다.

인치완 인생의 주요 무대는 충청북도 청주다. 그곳에서 인치완은 합성수지 제조 공장을 운영해 왔다. 1995년부터 오랜 기간을 운영해 온 덕분에, 기업체의 내실은 지금까지도 매우 탄탄하다. 최근에는 농업용 비닐 생산도 시작했다. 고구마, 감자 등을 심은 땅에 덮는 비닐인데, 농부가 일일이 비닐에 구멍을 뚫어야 했던 기존 제품과는 달리, 미리 구멍을 뚫어 만든 제품이라 독보적인 편리성을 가지고 있다. 편리성은 물론 품질까지 좋다는 평가가 이어지며, 해당 제품은 하루에 20톤 가까이 생산될 정도로 수요가 증가했다. 게다가 기존에 판매 중이던 선박용 전선 케이블이 우수한 성능을 인정받아 수출을 시작해, 연 매출이 수백억으로 증가했다. 이렇게 회사의 규모가 커지다 보니, 현재 가수로 데뷔해서 활동을 하는 중에도 인치완은 매일 아침 성실하게 출근하며 회사를 살핀다.

직원들에게도 인치완의 선망은 매우 두텁다. 고용인과 피고용인의 상하 관계를 벗어나, 함께 일하는 동료로서 그는 직원 한 명 한 명을 존중하고, 누구에게나 허물없이 다가간다. 그가 가수에 도전하겠다고 선언했을 때, 직원들은 누가 먼저랄 것 없이 그를 응원했다. 60세가 넘는 나이에도 새로운 분야에 도전하는 인치완은 직원들에게 커다란 동기 부여가 되기도 했다.

그저 즐겁고 막힘없이 기업을 운영해 온 듯 보이지만, 그 길 역시 가수가 되는 것만큼이나 많은 우여곡절이 있었다. 1995년 9월, 창업 당시에는 자본금이 적은 탓에 자그마한 임대 공장부터 시작했다. 주어진 상황에 의기소침해지지 않고 열심히 일한 덕분에 2년 동안은 제법 큰돈을 벌 수 있었으나 성장의 조짐이 보이던 그 시기, IMF가 터지고 말았다.

은행이 도산하자 거래처들도 부도가 났고, 그 연쇄 작용으로 인치완 역시 더는 회사를 이끌어갈 수 없는 상황에 닥쳤다. 정신적 스트레스에 시달리던 그는 결국 건강 악화로 졸도하기에 이르렀다. 급하게 응급실로 옮겨져 겨우 정신을 차렸을 때, 병상 옆에서 펑펑 울고 있는 어린 자식들이 보였다. 아버지로서 도저히 그 모습을 보고 있을 수 없었기에 인치완은 자리를 박차고 나왔다.

"건강, 경제적 여건, 가장으로서의 체면… 잃어버린 모든 걸 되찾아서 재기하겠다고, 이를 악물고 마음먹었습니다."

그러나 뭐든 마음먹는 것만으로는 쉽게 해결되지 않는 시기였다. 이곳저곳 방법을 찾아보았지만 사방이 막힌 듯 길이 보이지 않았다. 그 시기에 가장 큰 힘이 되어준 것은 그의 아내 김원훈이었다. 결혼 후 계속 가정주부로 지내 오던 그녀가 직장에 나가 남편 대신 돈을 벌어 오기 시작한 것이다. 그러면서도 남편이 용기를 갖고 다시 사업을 시작할 수 있도록, 김원훈은 따뜻한 격려를 잊지 않았다. 남편이 쓰러졌을 때 누구보다 두려웠고 마음이 아팠지만, 동시에 그가 언젠간 다시 일어설 것이라고 확신했다. 인치완과 결혼까지 결심한 이유 중 하나는 눈밭에 맨몸으로 떨어져도 살아남을 것 같은 그의 굳센 성품 때문이었으니까. 사랑하는 아내의 믿음과 내조 덕분에 인치완은 다시 당당하게 사회로 나설 수 있었다. 그 사이 아들 인교진은 배우가 되었고, 배우 소이현과 결혼해 단란한 가정을 꾸렸다. 결국 아내의 믿음처럼, 인치완은 당당하게 다시 성공했고 그의 집안은 평화를 되찾았다.

가슴에 품은 꿈을
세상으로 드러내다

그렇게 세월이 흘러 마침내 예순이 되어서야, 인치완이 평생 가슴에 품고 살았던 꿈이 그의 삶으로 찾아왔다. 배우로 성공한 아들의 빛나는 삶을 뒤에서 묵묵히 지원하던 중, 아들과 함께 방송에 출연할 기회를 얻은 것이다. 그는 인기리에 방영되던 예능 프로그램 〈남자의 자격〉에서 일반인들을 모아 합창단을 꾸려 나갔던 '하모니' 프로젝트 오디션에 당당히 합격했다.

당시 합창단을 이끌었던 세계적인 지휘자 금난새는 인치완의 노래 실력을 매번 칭찬했다. 4개월 남짓한 촬영 기간 동안 풍부한 저음이 돋보이는 목소리 덕분에 다른 출연자들도 인치완에게 정식으로 가수를 해 보라고 수없이 말했다. 동료들의 따스한 격려는 인치완의 가슴 속 깊은 곳에 잠들어 있던 꿈에 불씨를 지폈다. 그는 곧장 작곡가와 작사가를 찾아가서 곡을 부탁했다. 그렇게 받은 세 개의 곡을 수 개월간 연습해서, 그는 2017년에 첫 앨범을 냈다.

이에 만족하지 않고 인치완은 아예 노래를 부르기 위한 연습실을 일터 근처에 구했고, 또 한 번 곡을 받아서 연습에 매진했다. 놀라운 집중력과 열정으로 첫 앨범을 낸 바로 그해 겨울에 그는 두 번째 앨범을 연이어 발매했다. 연습에 연습을 거듭한 덕분에 인치완의 노래 실력은 첫 앨범과 비교했을 때, 놀라울 만큼 성장해 있었다.

2집 정도면 만족할 것 같다고 생각했다. 하지만 노래를 부르면 부를수록, 계속해서 가수로 살고 싶다는 마음속 목소리가 커졌다. 마침내, 인치완은 3집을 준비했다. 1집과 2집 모두 공들인 건 마찬가지지만, 3집 안에는 더욱 내밀한 마음을 담아냈다. 3집의 타이틀곡 〈울 엄마〉는 인치완이 평생 그리워한, 돌아가신 어머니를 생각하며 만든 곡이다.

인치완의 어머니는 그가 고등학교 1학년일 때 돌아가셨다. 어머니의 사랑이 가장 많이 필요한 청소년기에 어머니를 여읜 탓에, 인치완의 마음 한구석에는 어머니를 그리워하는 아이가 웅크리고 있게 되었다. 가수가 되어 마음속 이야기를 노래로 꺼내 놓게 된 시기, 그 아이가 어머니를 위한 노래를 만들어

달라고 부탁해 왔다. 한 집안의 가장으로 든든하고 강한 모습만 보여주던 그였지만, 생애 한 번쯤은 어머니를 향한 그리움을 목 놓아 표현하고 싶었다. 그렇게 인치완은 〈울 엄마〉를 만들었다. 이 곡은 공연장이나 무대에서보다, 홀로 시간을 보내다가 문득 어머니가 그리워질 때, 가장 깊은 진심을 담아서 부를 수 있다고 인치완은 말한다.

든든한 지원군들

〈울 엄마〉는 아버지 인치완의 가수 데뷔를 반대했던 아들 인교진마저 설득한 노래다. 비록 할머니에 대한 기억은 없지만, 〈울 엄마〉를 듣고 할머니를 그리워하는 아버지의 마음을 절절하게 느낄 수 있었다. 번듯한 직업도 있는 아버지가 괜히 가수에 도전했다가 실패할까 봐, 대중의 혹평에 상처를 입을까 봐 걱정되어 반대했지만, 노래를 부르며 누구보다 행복해하는 아버지의 모습을 보며 인교진은 자신의 생각이 짧았다는 것을 깨달았다.

이제 인교진은 전적으로 아버지를 돕고 응원한다. 부자 관계가 더욱 돈독해진 덕분인지 인치완은 여태껏 아들에게 강인한 아버지로 보이고 싶어서 숨겨 왔던 속마음을 털어놓기도 한다. 살면서 어머니가 얼마나 많이 그리웠는지도 이제는 편하게 얘기할 수 있다. 마흔두 살의 장성한 아들은 아버지 인치완의 마음을 이해하며, 가수의 길을 전적으로 응원한다. 드라마에 트로트 가수 역할로 출연하게 되었을 때, 아버지에게 조언을 구할 정도다.

아내 김원훈 역시 인치완의 든든한 응원단 중 한 명이다. 인치완이 군 복무하던 시절, 두 사람은 서로에게 첫눈에 반해서 연인이 되었다. 불타는 사랑 끝에 인치완이 제대한 뒤 1년 만에 결혼식을 올렸고, 예순이 넘는 나이까지 서로를 아끼며 사랑하고 있다. 가수가 되기 전, 인치완이 전업으로 사업체를 운영할 때 매일 아침밥을 차리며 남편을 지원했던 김원훈은 이제 그의 1호 팬으로서도 응원을 아끼지 않는다.

그러나 김원훈도 처음부터 인치완의 도전을 긍정적으로 받아들인 건 아니었다. 아들과 며느리가 이미 모두 연예인인데, 아버지가 불쑥 연예계에 발을 들이밀었다가 결과가 기대보다 흡족하지 않다면 서로에게 민망한 상황이 될까 걱정스러웠다. 결국 회갑 기념 음반을 내는 것으로 부부는 타협을 보았다. 하지만 그 후 늦은 밤까지 노래를 연습하는 남편을 보며, 김원훈은 가수가 되고 싶은 남편의 열정을 실감했다.

그때부터 김원훈은 걱정 대신, 인치완의 열렬한 팬이 되었다. 그가 출연한 방송을 모니터하며, 노래는 물론 무대 매너와 표정까지 피드백을 주는 매니저의 역할도 자처하고 있다. 그 사랑에 보답하기 위해 인치완은 〈사랑의 선물〉이라는 노래를 만들었다. 평생의 동반자인 아내를 위한 세레나데다. 마침내 꿈을 이룬 인치완의 행복은, 그 꿈을 믿고 지지해 주는 사람들과 꿈을 계속 키워 나가는 그의 삶 속에서 더욱 거대해지는 중이다.

그를 응원하는 건 가족뿐만이 아니다. 데뷔를 시작으로 인치완의 팬덤은 폭발적으로 성장했다. 따로 공지하지 않는데도 어디서 그의 스케줄을 알아 오는지, 팬들은 방송이나 무대 어디든지 그를 찾아온다. 겨울에는 직접 만든 쌍화차를 따뜻하게 데워 와 인치완의 목 건강까지 챙겨 주는 팬이 있을 정도다. 그 고마운 마음에 보답하기 위해, 인치완은 더욱 활발하게 활동을 이어가고 있다.

노래로 건네는 따스한 위로

가수가 되고 선 무대 중 인치완의 기억에 가장 인상적으로 남아 있는 곳은 보은 대추 축제 개막제 행사다. 청주 SBS 를 통해 텔레비전으로도 개막제가 방영된 이 축제는 매년 100 억의 매출을 기록하며 관광객도 100만여 명이 몰리는, 충북에 서 가장 큰 축제다. 첫 무대 데뷔에서 맞닥뜨린, 2만 명이 넘 는 어마어마한 관객이 만들어낸 진풍경은 아직도 인치완의 뇌 리에 각인되어 있다.

산전수전 다 겪은 베테랑으로 성장 중이지만, 유명한 가수 가 앞 순서로 무대를 달궈 놓을 때면 아직도 큰 부담이 느껴 진다. 자신의 무대가 관객들의 흥을 더 돋워 줄 수 있을지 알 수 없어서다. 하지만 그간의 연습 덕분에 그는 언제나 여유롭 고 완벽하게 무대를 해낸다. 그의 멋진 목소리와 흥겨운 노래 덕분에 관객들도 함박웃음을 지으며 박수갈채를 보낸다. 인교 진의 아버지, 소이현의 시아버지라는 타이틀보다 가수 인치완 으로 불릴 날이 얼마 남지 않았다고 그는 믿고 있다.

뮤직비디오 촬영 현장에서도, 노래를 들려줄 수 있는 행사 장에서도, 인치완은 새롭게 꿈을 꾼다. 매니저나 분장 스텝은 없지만 완벽하게 준비된 무대와 장비, 그리고 자신만을 위한 의상은 그가 자신의 꿈을 잃지 않고 노력한 대가이자 행복하 게 웃을 수 있는 이유다.

"저에게 노래란, 삶 그 자체입니다."

사람은 걸을 때조차도 일정한 박자를 가지기에 우리의 삶 곳곳에는 저마다의 리듬과 음이 있다. 수많은 리듬 속에서 공명할 수 있는 단 하나의 리듬을 찾는 것. 그것에 몸을 맡기고 춤추며 노래하는 것이야말로 진정한 의미의 삶이기에 인치완은 사람들에게 음악을 사랑하길 권한다.

즐기고 사랑하는 일을 하는 삶 속에서 인치완은 노래로 사람들의 마음을 위로하겠다는 다음 목표를 꿈꾸고 있다. 지친 삶을 살아가는 사람들에게 노래로 따스한 위로를 건네며 그는 자신의 내면 역시 긍정적인 에너지로 가득 채우고 있다.

한 가정의 가장이자 사업체의 대표, 거기에 가수까지. 모든 역할을 훌륭하게 수행해 온 인치완. 그의 비결은 꿈을 잃지 않는 마음이다. 쉽지 않은 길이었지만 가수를 꿈꾸며 매일매일 노래하듯 살아 온 덕분에 이제 인치완은 자신의 노래로 다른 이들에게 행복 에너지를 전파하고 있다. 마음이 행복한 삶, 꿈을 꾸는 삶. 인치완의 오늘은 영원히 늙지 않는 청춘이다.

돌아가 보라

당신이 더 어렸을 때

당신을 행복하게 만들었던 것을 찾아 보라

우리 모두는 다 큰 아이들이다

그러므로 우리는 돌아가서

자신이 사랑했던 것과

진실이라고 믿었던 것을

찾아 봐야 한다

오드리 헵번 *Audrey Hepburn*

양돈 기업 사원에서 안성주물 대표로

김성태

백년소공인 선정
전통을 지키는 가마솥 주물장

가마솥의 길로 돌아오다

한국인은 밥심이라는 말이 있다. 그만큼 밥은 한국인의 삶에 없어서는 안 될 중요한 음식이다. 냉장고, 김치냉장고와 더불어 필수 가전으로 밥솥이 꼽히는 것도 바로 그 이유일 것이다. 하지만 아무리 밥솥의 기능이 향상된다고 해도 일말의 아쉬움을 느끼는 사람이 있다. 주물장 김성태다. 그는 전기밥솥은 도저히 흉내 낼 수 없는 밥맛을 내는 물건을 만들기 때문이다. 바로 한국의 전통 조리 도구, 가마솥이다. 밥은 물론 탕과 구이를 조리할 때도 재료 본연의 맛을 끌어 올리는 가마솥. 다양한 제품 중에서도 주물장 김성태가 만드는 가마솥은 최고의 품질이라고 알려져 있다.

김성태의 인생은 무쇠와 떼려야 뗄 수 없다. 증조부 때부터 시작된 주물장 사업이 111년의 길고 긴 세월 동안 아버지 김종훈을 거쳐서 김성태에게 전수되었기 때문이다. 하지만 어렸을 적부터 그가 가업을 이어받으려던 건 아니었다. 김성태의 전공은 동물 생명 공학이었다. 전공을 살려 인공 수정 부서에서 업무를 희망했기에, 주물장은 자신의 인생과는 먼 이야기라고 생각했다. 그렇게 양돈 기업에 입사 후 성공적인 실적을 내며 해외 지사장 제의까지 받았지만, 그는 아버지의 다급한 부탁으로 주물 공장에 들어오게 되었다.

당시 그의 아버지 김종훈이 운영하던 가업은 서너 번의 부도로 위태로운 상황에 놓여 있었다. 현금이 아닌 어음과 수표 등의 방식으로 제품이 거래되었기 때문이다. 아버지는 아들 김성태에게 가업을 되살려 주길 간절하게 부탁했고, 그 간절한 모습에 김성태는 자의 반 타의 반으로 가마솥을 만들게 되었다. 서울대를 그만두고 주물장의 길로 들어선 아버지 김종훈, 생명학도의 길을 걷다 돌연 가마솥을 만들게 된 아들 김성태. 부자의 삶은 서로 다른 듯 닮아있다.

온전한 자기 의지로 주물장을 시작한 건 아니었지만, 김성태는 후회하지 않는다. 그는 도시의 삶을 접고 주물 공장으로 이사 온 후 성실하게 제조 과정을 배웠다. 그러면서 땅을 장만하고 수익 구조를 개편해, 그럴듯한 주물 공장 마련까지 성공했기다. 그에게는 1910년 1대 장인 증조부 김대선, 1924년 2대 장인 김순성, 1953년 3대 장인 김종훈을 거쳐 온 가업을 걸출하게 완성했다는 뿌듯함과 자부심이 있다. 이렇듯, 쇠를 녹이고 무쇠 솥을 만드는 DNA를 물려받은 김성태는 가문의 명맥과 전통을 보존하는 인생 2막을 살고 있다.

온고지신
전통을 존중하되 머무르지 않기

김성태가 하루 중 가장 많은 시간을 보내는 장소는 주물 공장이다. 그는 매일 성실하고 활기차게 주물 공장으로 출근해 용광로에 불을 지핀다. 가마솥의 재료인 쇳물을 만드는 용광로는 250kg으로 굉장히 육중할 뿐만 아니라 1,800도의 어마어마한 열기를 온종일 내뿜는다. 한증막을 방불케 하는 뜨거운 열기로 가득한 이곳에서 그는 쇠를 녹이고 가마솥을 만든다. 가마솥이 만들어질 틀 안에 뜨거운 쇳물을 붓는 것도 그의 몫이다. 쇳물을 가마솥 틀 안에 무사히 넣는 와중에도 긴장의 끈을 놓을 수 없고, 동시에 그 열기까지 견뎌야 하는 고된 작업이다. 자칫 커다란 사고로 이어질 수도 있는 이 작업을 맨몸으로 해내야 하므로, 주물 공장의 모든 사람이 숨을 죽이는 순간이기도 하다. 종일 이어지는 작업에 지칠 만도 하지만 김성태는 내 가족이 안심하고 쓸 수 있는 물건을 만든다는 마음으로 모든 부분이 완벽하게 되어 가고 있는지 꼼꼼히 체크한다.

"완벽함을 추구하는 원동력은 가마솥 장인으로서의 굳건한 자부심입니다."

공정은 하나하나 수작업으로 진행되는 탓에 매번 똑같은 가마솥을 완성하는 것은 불가능에 가까우나 그럼에도 불구하고 '어찌할 수 없는 오차'마저 최소화하는 것이 그의 최종 목표다. 그런 마음가짐이 있으니 쇳물의 재료는 순도 높은 철만 고집한다. 가마솥의 위생과 내구도를 위한 선택이기도 하다. 늘 예민한 작업 과정을 거쳐 온 덕분에 이제 그는 쇳물의 색깔만 보아도 가마솥의 품질을 가늠할 수 있다.

주물장의 전통을 잇는 한편, 김성태는 제조 과정에 효율과 정밀함을 더하기 위해 새로운 기술을 도입하고 있다. 쇳물을 부어 제품을 만들 때 사용할 나무 모형을 컴퓨터 프로그램으로 제작하는 것이 그 예다. 이전에는 나무 모형을 일일이 수작업으로 만들었기 때문에 치수도 정확하지 않고 인건비도 많이 나간다는 단점이 있었다. 그 과정을 프로그램으로 정밀하고 빠르게 처리함으로써 제품 가격은 낮추고 퀄리티는 상승시키는 효과를 낼 수 있게 되었다.

가마솥 제작을 시작한 후부터 5년간 원료와 공정 비용은 계속 증가했지만, 가마솥 제작 과정을 개선함과 동시에 제품을 다량 생산할 수 있는 시스템을 연구해서 도입한 덕분에 김성태는 꾸준하게 이윤을 남길 수 있었다. 이렇게 추구한 이윤은 그가 소유하지 않는다. 가마솥 가격을 일정하게 유지하며 고객에게 더 많은 것을 돌려주는 것이 그의 사업 운영 방침이다.

전통을 존중하되 머무르지 않도록. 그만의 철칙을 지키기 위해 모두가 집으로 돌아간 늦은 밤에도 김성태는 주물 공장에 남아 다양한 변화를 시도하고 있다. 의미 있는 고민과 노력의 시간 덕분에 그의 가마솥은 멋지게 완성될 수 있었다.

그의 손끝에서 탄생한 가마솥들은 유명 스타들의 러브콜을 받을 정도로 완벽한 퀄리티를 자랑한다. 별다른 홍보가 없었는데도 입소문을 통해 직접 가마솥을 구매하러 오는 고객들도 상당하다. 구슬땀이 비 오듯 쏟아지고 매일이 고된 작업의 연속이어도 그가 주물장을 포기하지 않는 이유는 그의 장인 정신을 알아주는 사람들이 있기 때문이다. 그에게 가마솥은 장인 정신 그 자체다.

널리 사랑받는 무쇠 제품

김성태의 사랑이 가득 담긴 가마솥은 특별한 인연을 만들어주기도 한다. 어머니에게 전수 받은 설렁탕집을 37년째 운영 중인 김종안이 그 대표적인 인연이다. 거대한 가마솥에 국물을 끓이는 진풍경을 보려고 식당으로 수많은 손님이 찾아 온 덕분에, 김종안의 식당은 일대의 소문난 맛집이 된 것이다. 크기는 물론 튼튼한 내구성 덕분에 김성태의 가마솥은 오랜 시간 같은 자리를 지키는 설렁탕집의 든든한 마스코트가 되었다.

크기도 크고 쉽게 접근하기 어렵기 때문에 가마솥의 사용처는 이렇듯 보통 대형 식당이나 재래식 주방 정도로 한정적이었다. 하지만 김성태는 지금보다 더 많은 장소에서 더 많은 사람이 무쇠 조리 도구를 일상적으로 사용하길 바라고 있다. 무쇠 조리 도구의 원료인 철은 잘 변형되지 않고, 오래 써도 해로운 성분이 묻어나오지 않기 때문이다. 그러한 이로움을 더 많은 이들이 누렸으면 하는 마음, 짧은 기간 쓰고 버려질 조리 도구보다, 좋은 철로 만들어진 것을 사람들이 널리 오래 사용하길 바라는 마음에 김성태는 가마솥의 상용화에 더욱 몰두했다.

그 결과 일반 가정에서 사용할 수 있게 크기를 대폭 줄이

고 다양한 요소들을 실용적으로 개조한 미니 가마솥을 만들 수 있었다. 가마솥을 현대적으로 재해석해 만든 제품이다. 그 외에도 코로나19로 캠핑이 활성화된 트렌드를 따라 캠핑장에서 고기와 채소를 볶는 용도로 사용할 수 있는 무쇠 팬, 타코야키 팬, 전골 냄비, 반합, 나홀로족을 위한 1인용 팬 등을 만들었다. 소비자의 취향에 발맞춘 변화를 통해 매출도 상승했고, 무쇠 조리 도구를 대중적으로 사용할 수 있다는 홍보 효과까지 잡았다. 그러나 몇몇 사람에게서는 전통을 지켜야 할 주물장이 시대에 휘둘리는 것 아니냐는 쓴소리를 들어야 했다. 김성태는 그런 피드백 역시 감사한 마음으로 받아들이며 새롭게 변형한 제품에도 3대에 걸쳐 내려온 전통 제조 방식을 고수하고 있다. 전통을 지키는 동시에 소비자와 소통하며 시대 흐름에 발맞춰 변화하는 과정은 절대 쉽지 않았다. 하지만 김성태는 가마솥을 향한 사랑으로 온고지신의 길을 꿋꿋하게 걸어가는 중이다.

김성태가 애정을 갖고 만든 가마솥의 진가를 알아본 고객은 나날이 증가했다. 전원주택이나 마당이 있는 집에 좋은 화덕을 놓으려는 고객들도 있었고, 어릴 적 할머니가 해 준 가마솥 밥의 향수를 찾아오는 고객도 있었다. 인터넷 사이트상으로는 품절된 제품을 사기 위해 지방에서 직접 공방으로까지 찾아오는 열정을 보여 준 고객도 많았다. 특히 옛날엔 잔치에서 전을 부치는 용도로 사용된 솥뚜껑을 현대적으로 재해석한 '조선 그리들'은 몇 달 뒤까지 주문 접수가 밀려있을 정도로 인기가 좋다.

계속 무쇠 조리 도구를 찾아주는 손님들, 가마솥의 튼튼함과 퀄리티에 반해 오랜 단골이 되어주는 고객들 덕분에 김성태는 무쇠 조리 도구만으로 연 매출 10억을 달성할 수 있었다. 쏟아지는 무수한 관심과 사랑 덕분에 그는 가마솥 제작에 더욱 박차를 가하고 있다. 모든 제작 과정은 100% 수작업으로 진행되지만, 그가 혼신의 힘을 다해 노동을 이어갈 수 있는 이유는 소중한 인연, 이런 제품을 만들어 줘서 고맙다는 고객의 한마디, 우연히 들어간 식당 주방에서 사용되고 있는 반가운 그의 가마솥이다.

"가마솥이 어디 가서든 예쁨 받았으면 좋겠어요. 꼭 아버지 마음 같죠."

어떤 제품이 누구의 손에 들어갈지 모르지만, 자신이 만든 무쇠 도구가 온 가족이 행복하게 나눠 먹을 음식을 만드는 조리 도구가 되는 것. 그래서 주인의 사랑을 듬뿍 받는 것. 김성태가 바라는 것은 그것 하나이다.

그런 정성이 닿은 덕분인지 주문 수량 역시 하루하루 상승

했다. 오전에 주물 작업을 끝내면 오후에는 곧장 택배 포장 작업에 돌입해야 하루 물량을 맞출 수 있을 정도로 김성태의 물건은 인기가 좋다. 주물장에서 은퇴한 아버지 김종훈까지 나서서 거들어야 할 정도다. 아내는 물론 평생을 주물 공장에 바친 아버지까지 나서서 일을 도와주는 것이 마음에 걸리지만, 한 가지라도 더 돕고 싶은 가족의 마음을 알기에 나서서 말리지는 못한다. 아버지 김종훈은 그저 재밌어서 돕는다는 말로 아들을 향한 서툰 사랑을 표현한다. 열화와 같은 성원 속에서 김성태 씨는 매일 꾸준하게 100개에 달하는 제품을 출고하고 있다.

명품 가마솥으로
더 큰 비전을 꿈꾸다

이제 김성태는 모양만 보아도 그 가마솥이 어디서 만들어졌는지 알 정도로 가마솥에 관해서는 통달했다. 더불어 솥의 모양에 따라 가장 잘 어울리는 요리 방법은 무엇인지, 그 솥으로 요리했을 때 가장 맛있는 음식은 무엇인지도 그의 머릿속에 일목요연하게 정리되어 있다. 그가 가마솥 장인이라는 자부심을 가질 수 있었던 이유는 가마솥을 만들기 위해 쏟아부은 시간과 노력, 그리고 가마솥을 향한 무한한 애정 덕분이다. 한때 물량으로 밀어붙이는 중국산 제품에 입지를 빼앗기고 전기밥솥에 자리를 내어주기도 했지만, 묵묵히 111년의 세월을 버티며 마침내 김성태의 손끝에서 꽃을 피워낸 전통 가마솥. 김성태가 달군 쇳물의 붉은색은 그 어떤 일출의 색보다도 아름답다.

대를 이어 가마솥을 만드는 김성태의 끝없는 노력을 알아주는 건 그 혼자뿐만이 아니다. 김성태는 국가로부터 주물장 전수자로 공식 지정된 것은 물론, 2015년에는 경복궁 소주방 복원 사업에 참여해 소주방에서 사용되었던 가마솥을 그대로 재현해서 전시하기도 했다. 또한 오랜 경험과 노하우를 바탕으로 장인 정신을 갖고 있는 사람, 한 분야의 특별한 숙련도를 가지고 있는 '백년소공인'으로 선정되는 쾌거까지 이루었다.

"제 목표는 가마솥의 세계화입니다."

전통에 대한 존중과 확신, 변화를 향한 야망을 바탕으로 그가 목표하고 있는 바는 원대하다. 지금 그가 가장 힘을 쏟고 있는 가마솥의 현대화 역시, 세계화를 위한 초석이다. 그는 가마솥이 한국의 남녀노소 모두가 즐길 수 있는 단계로 성장한 후, 나아가 세계 각국의 사람들에게도 그 우수한 성능과 장점을 알릴 수 있길 희망하고 있다.

실제로 프랑스와 미국에서 무쇠 조리 기구가 주목받고 있다. 그렇기에 한국의 전통과 첨단 기술이 결합한 가마솥은 세계 시장에서 두각을 나타낼 요소를 충분히 가지고 있다고 그는 확신한다. 시장을 개척하고, 투자와 자동화 작업을 통해 점차적으로 세계화를 이루어내는 것은 현재 김성태의 가장 큰 목표다. 어느 해외 온라인 판매 사이트에서 호미가 불티나게 팔렸던 것처럼, 가마솥의 우수함이 알려지는 것 역시 시간문제라는 것이다.

또 다른 목표가 있다면, 무쇠 조리 도구가 나아갈 새로운 비전을 만드는 것이다. 음식을 만드는 '조리 기구'에서 음식을 '담는 기구'로의 변화다. 무쇠 주물은 온기를 오래 간직할 수 있기에, 음식을 먹는 시간 동안 음식의 온도를 온전하게 보존할 수 있다. 그러한 장점을 백분 살리는 방향으로 연구하고 개발한다면, 주물의 지변을 더욱 확대할 수 있기 때문에 김성태는 담는 기구로의 변신에도 노력을 가하고 있다.

마지막으로, 김성태가 삶의 끝에서 이루고자 하는 최종적인 목표는 가마솥 박물관 건설이다. 국내에는 다양한 박물관이 존재하지만, 아직 가마솥 박물관이 없다는 것이 그 나름의 아쉬움으로 남아있다. 한국 식문화 발달의 역사를 함께 한 조리 도구인 가마솥이기에, 그 역사를 다루는 가마솥 박물관을

243

언젠가는 꼭 짓고 싶다.

　도전하길 멈추지 않고 새 목표로 나아가는 김성태의 마음에는 펄펄 끓는 용광로처럼 뜨거운 열정이 담겨 있다. 증조부 때부터 이어져 온 가마솥에 대한 열정과 그 역사를 계승하려는 의지. 김성태의 인생 2막이 뜨거운 불 속에서 더욱 견고해지는 가마솥과 닮은 이유는 그 의지에 있을 것이다.

이 세상에 위대한 사람은 없다

단지 평범한 사람들이 일어나

맞서는 위대한 도전이 있을 뿐이다

윌리엄 홀시 *Wiliam Halsey*

미싱 공장 직원에서 천연 염색계의 대모로

김조은

힘겨운 시간을 지나
천연 염색계에 한 획을 긋다
천연 염색을 만나고 다시 시작된 인생

천연 염색계의 대모

옛 정취 가득한 기와지붕 아래로 바람이 불어오는 곳. 다채로운 색을 담은 천들이 바람에 나풀거리는 곳. 춤을 추듯 일렁이는 색과 함께 그윽한 향기가 퍼져 나가는 곳. 대구광역시에 위치한 김조은의 공방은 오직 천연 염색을 위해 만들어진 장소다. 고풍스럽게 지어진 한옥 곳곳에는 염색 재료들과 염색에 사용되는 기구들이 비치되어 있다. 넓은 마당을 가로지르는 빨랫줄에는 총천연색 옷감들이 걸려 있는데, 자연 그대로를 물들인 천을 바라보고 있으면 그 고운 색깔에 눈이 저절로 편안해지는 기분이 든다. 햇살과 바람에 몸을 맡긴 옷감이 제 색깔을 찾아가는 동안, 시간이 잠시 느리게 흐르는 대구의 공방은 김조은의 인생 2막 시작점이자 주 무대다. 자연의 색과 향을 품은 옷감이 만들어지는 천연 염색 공방의 주인 김조은은 자타공인 한국 천연 염색계의 대모다.

천연 염색 제품 디자이너이자 대표, 천연 염색 협동조합 이사장, 공예 협동조합 이사, 13년 차 천연 염색 강사, 두 자녀의 어머니이자 세 손자의 할머니. 공방에서 시작된 인생 2막 속 김조은의 배역은 다양하다. 누군가는 한 개로도 벅찰 역할을 그녀는 어떻게 모두 훌륭하게 수행하고 있는 것일까. 바로, 실패를 두려워하지 않는 도전 정신 덕분이다. 몇 번이고 다시 시도했던 끈질긴 노력의 결과가 지금의 김조은을 만든 것이다.

계속해서 도전하는 의지와 자신에 대한 믿음을 바탕으로 한국 천연 염색 시장에서 큰 성취를 한 김조은. 하지만 언제나 당당했고 성공 가도를 달렸을 것 같은 그녀에게도 어렵고 고달픈 시기가 있었다.

운명처럼 다가온
천연 염색

스무 살 초반, 김조은은 꽃다운 나이에 결혼했다. 가정이 전부였던 그녀의 평화로운 나날은 생계를 책임지던 남편의 회사가 부도가 나면서 순식간에 절망에 휩싸이게 된다. 그 무렵

남편과 이혼하게 되어 김조은은 순식간에 어린 두 아이와 함께 길거리로 내동댕이쳐졌다. 집은 물론이고 직접 운전하던 차에도 빨간딱지가 붙었던 터라 머무를 곳도 없었다. 그녀의 것이라고 부를 수 있는 것은 더 이상 아무것도 남지 않았다. 하루아침에 모든 걸 잃어버린 채, 홀로 아이 둘을 키워야 하는 상황에 놓인 것이다. 당시 김조은은 은행 업무조차 볼 줄 모를 정도로 생활에 미숙했던 터라, 매일 거대한 절망감만이 밀려왔다.

"왜 이렇게 살았지. 나는 이제 살기가 싫어."

몸과 마음이 전부 무너졌지만, 아이들은 자라났다. IMF가 겹친 상황이라 모아둔 돈이 없었기에 김조은은 어린 자식들을 데리고 월세방을 전전했다. 젊은 나이에 가장이 된 그녀의 가슴 속엔 억울함이 가득했다. 왜 내게 이런 불행이 닥치는 걸까. 하지만 더 이상 좌절하고 있을 수만은 없었다. 김조은은 내면의 상처를 치료하려고 자활센터에 다니기 시작했다. 마음을 추스르며 여기저기 일자리를 알아보던 중, 베개를 만드는 미싱 공장에 어렵사리 취직도 했다. 처음에는 미싱 공장 일이 편하고 좋았다. 단순 업무였기 때문에 주의할 점이 많지 않았고, 크게 신경 쓸 것이 없었다. 그저 기계처럼 맡은 일을 반복하고, 쉬는 시간을 갖고, 다시 일하면 됐다. 심란한 시기를 겪던 그녀에게는 더할 나위 없는 근무 환경이었다.

하지만 1년 정도가 지나면서부터 반복되는 단순 업무에 점점 권태를 느끼기 시작했다. 10년 후에도 계속해서 이 일을 하고 있어야 하는 걸까? 하는 의문이 피어났다. 하지만 김조은은 미싱 외에는 이렇다 할 기술이 없었다. 또 두 자식을 기르기 위해선 안정적인 수입이 필요했기 때문에 계속해서 공장으로 출근했다. 하지만 그녀의 몸과 마음은 점점 소모되어 지쳐갔다.

겨우겨우 지루한 하루를 이어 나가던 2000년대 초, 김조은은 우연한 계기로 천연 염색과 만났다. 자주 방문하던 사찰의 권유로 선물용 명함집을 만들게 된 것이다. 명함집에 먹 염색을 하던 그녀는 그 색과 촉감에 순식간에 매료되었다. 색이 천 속으로 느리게 스며드는 시간의 아름다움, 찬란한 자연의 색과 그윽한 향은 만신창이가 된 그녀의 심신을 어루만져 주었다.

"단순히 예쁘다고 표현할 수 없었어요. 너무나도 곱디곱다. 그게 제가 천연 염색에서 받은 첫인상이에요."

작은 계기로 접하게 된 천연 염색은 김조은에게 큰 위로가 되었다. 그 일은 마치 운명처럼 다가왔다. 그녀는 마음이 가는 대로 그 따스한 두근거림에 뛰어들었다. 기나긴 도전의 시작이었다.

천연 염색에 본격적으로 뛰어든 김조은은 기술을 전수해 줄 선생님을 수소문했다. 하지만 한국 천연 염색 산업은 아직 초장기였기에 기술 인프라가 매우 부족했다. 어쩔 수 없이 그녀는 주말마다 전국을 돌며 어렵사리 기술을 배웠다. 주중에는 생업에, 주말에는 천연 염색에 매진하니 일주일 내내 쉴 틈이 없었다. 그래도 그녀는 행복했다. 배가 고픈 줄도, 시간이 가는 줄도 모르고 어떤 날에는 새벽까지 염색에 매진하기도 했다.

본격적으로 천연 염색 사업을 시작하겠다고 마음먹은 것 역시 그 일에 대한 사랑과 열정 때문이었다. 주어진 업무만 기계처럼 처리하던 공장에서 벗어나 자신이 가장 사랑하는 천연 염색으로 여러 제품을 만들고 싶었다. 자기 사업을 운영하는 방법은 전혀 몰랐으니 두렵기도 했다. 하지만 고달픈 인생에 다다단 위로가 되어준 천연 염색을 널리 알리고 싶은 마음이 굴뚝같았기에, 그녀는 차근차근 자신만의 길을 찾아 나갔다.

천연 염색으로 사업을 시작하려니 가장 큰 문제는 '재료'였다. 천연 염색 특성상 색을 내는 재료들은 자연에서 구해야 해서 계절이 변할 때마다 사용할 수 있는 재료가 그때그때 달라졌다. 개인적인 취미였다면 큰 지장이 없었겠지만, 천연 염색을 사업으로 일구어 내기 위해서는 안정적인 제품 생산을 위해 필수적으로 극복해야 할 관문이었다. 고민 끝에 김조은은 대구 약령시장 근처에 개인 공방을 마련해 사시사철 다양한 한약 재료를 공수할 수 있는 환경을 만들었다.

그러나 산 넘어 산이라고 했던가. 김조은에게는 또 다른 문제가 버티고 있었다. 재료 공수에 대한 고민 정도는 쉬워 보일 정도로 극히 까다로운 문제였다. 바로 천연 염색으로는 제품에 일정한 색을 입히기 어렵다는 것이었다. 염료의 양, 시간, 온도, pH 등 다양한 요소가 염색에 여러 영향을 미치게 되는데 이 중 하나만이라도 미세하게 달라진다면 제품이 완전히 다른 색으로 염색될 수 있었다. 따라서 전 제품이 균일할 수 있도록 색의 일정한 완성도를 갖추기 위해 염색을 수백, 수천 번 반복했다. 동시에 염색에 영향을 주는 요소들을 데이터화하는 작업도 진행했다. 염료의 양은 동일한데도 색이 다르게 나오는 이유는 무엇인지, 염색 환경에 가장 큰 영향을 주는 요소는 무엇인지, 온도에 따라 염색 정도가 어떻게 달라지는지, 염색된 천을 세탁기에 돌렸을 때 색은 어떤 식으로 빠지는지, 어떤 세제일 때 색 빠짐이 덜한지 등 그녀는 모든 것을 데이터화해서 연구했다.

변화무쌍한 자연의 색이 가진 매력에 푹 빠져서일까. 천연 염색을 시작한 이후로, 작게 핀 꽃 한 송이나 풀 한 포기도 그녀에게는 저마다의 아름다움을 간직한 귀하고 소중한 존재로 보였다. 그렇기에 때론 예상치 못한 색으로 천이 염색되더라도 그녀는 놀라거나 좌절하지 않았다. '잘못됐네?' 생각한 후, 더 아름다운 색을 고르게 낼 수 있는 방법을 찾았다. 그 과정에서 더욱 깊이 있고 고운 색을 발견할 수 있다는 걸 잘 알고 있기 때문이다.

순탄치 않았던 날들에서 김조은은 수천 번을 긍정적으로 도전했고, 유의미한 실패를 얻었다. 그리고 마침내 그녀는 일정하게 아름다운 색을 낼 수 있는 정확한 정보를 갖추게 됐다. 끈질긴 노력이 일구어 낸 성과였다. 데이터화 작업을 끝낸 후부터는 새로운 염료와 혼방 천을 만나도 혹여나 변수가 생길까 봐 두렵지 않았다.

"천연 염색은 제게 숨 쉬는 것만큼 익숙하고 자연스러운 일이에요."

김조은은 공방 곳곳에서 필요한 재료를 찾아 척척 조합하는 작업에 능숙해졌고, 자연의 색을 자유자재로 다루며 원하는 색을 낼 수 있다. 이쯤 되면 매너리즘에 빠질 법도 하지만 여전히 천연 염색 작업은 너무나도 다채로워서 그녀의 가슴을

끊임없이 두근거리게 한다.

함께 성장하는 소중함

사업 초반에는 자신의 천연 염색 제품에 확신을 가지기 어려웠다. 이렇게나 많은 사랑을 받을 수 있을 거라곤 상상하지 못했다. 김조은이 천연 염색 제품으로 처음 참여한 전시는 대구 패션 페어로, 해외의 사업 관계자들이 국내 제품을 구매하기 위해 방문하는 국내 유일한 수출 전문 페어였다. 사업을 갓 시작한 시기였기에 고객 방문을 기대하기는 어려운 상황이었지만, 설령 구매 손님이 없어도 괜찮을 것 같았다. 자신이 처음으로 손수 만들어 전시한 제품들이었기 때문에 애착이 강해서, '구경만 시켜 주고 팔진 않을 거야.' 하는 마음도 있었기 때문이다.

그런데 놀랍게도 참여에 의의를 둔 첫 전시의 반응은 뜨거웠다. 제품에 담긴 김조은의 진심이 전해진 탓이었을까. 전시를 방문한 사람들은 그녀의 천연 염색 제품을 좋아했고, 이는 곧 구매까지 이어졌다. 그 전시 덕분에 김조은의 사업은 입소문을 타기 시작했다. 50~60대 사이에서는 물론이고 근래에는

30~40대 젊은 주부들까지 다양한 연령층을 아우르며 사랑받는 제품으로 발돋움하고 있다.

외국에서의 인기 또한 뜨겁다. 김조은은 해외 진출을 목표로 국내 전시에 여러 차례 참석했고, 대구 패션 사업 연구원의 지원과 협력으로 직접 해외 전시에 나가기도 했다. 그 횟수만 일 년에 7~8번이 되었다. 중국 진출을 위해 그곳의 시장성과 가능성을 알아보고자, 동료들과 의기투합해서 처음 떠난 중국 전시가 특히 기억에 남는다. 날씨도 무더웠고, 현지 통역사는 한국의 천연 염색을 설명하기 어려워해서 애를 먹었으나 이제 와서 돌이켜 보면 그 또한 즐거운 경험이었다. 그렇게 일본, 대만, 광저우, 태국 등 곳곳을 돌아다니며 시장을 넓혔다. 최근 들어서는 공방에 직접 방문해서 옷을 맞춰 가는 외국인이 있을 정도로 김조은의 천연 염색 사업은 국내외로 인기 상승 중이다.

해외 시장의 러브콜까지 쏟아지고 있는 덕분에 제작해야 하는 제품의 양도 증가했다. 사업이 커지며 김조은은 뜻 맞는 사람들과 천연 염색 협동조합을 만들었다. 조합을 통한 다른 이들과의 협업은 늘어나는 주문량을 맞추기 위한 사업적 선택이었지만, 그로 인해 얻은 것은 그 이상이었다. 염색에 필요한 염료는 개인적으로 소량 구매할 때보다 많은 인원이 함께 대량으로 구매하면 구매가를 더 낮게 지불할 수 있어서 비용 절감도 되었다. 작업률 또한 증가해서 가격은 저렴하고 퀄리티는 더욱 좋아진 제품 생산을 생산할 수 있었다. 비단 금액적인 면만 아니라 함께 한다는 것에서 비롯된 시너지가 김조은에게 큰 힘을 주었다. 홀로 공방을 운영하는 것에 익숙해서 협동조합 설립을 망설였던 그녀에게는 이 모든 것이 새로운 경험이었다.

"협업 또한 저에게는 도전이었죠. 혼자보다는 함께하는 것에 대한 믿음이 있었기에 이뤄낼 수 있었습니다."

자그마한 조합에서 시작해 50여 개 넘는 회원사를 보유한 조합으로 성장하는 동안 김조은의 작은 공방 역시 공장으로 확장되었고 그녀의 직함은 대표에서 이사장으로 바뀌었다. 다양한 사람들이 모여 천연 염색에 관한 새로운 지식을 공유하고 사업을 운영할 방안에 관해 얘기하며 조합은 더욱 성장했다. 김조은이 이사를 맡고 있는 공예조합에서는 공예인들의 판로를 개척하고 사업과 전시를 기획하며 모두의 상생을 도모하고 있다.

이 모든 것을 가능하게 만든 것은 '함께'가 가진 힘에 대한 김조은의 굳은 믿음이다. 그 믿음은 김조은과 조합 회원들 간의 돈독한 관계로도 이어졌다. 그녀에게 회원들은 고용 관계에 있는 직원일 뿐 아니라, 천연 염색을 통해 맺은 소중한 인연이자 같은 길을 걷는 든든한 동료다. 그에 감화된 회원들 또한 김조은을 조합의 대표이자 같은 여성으로서 서로의 고충을 이해하는 지원군, 제품에 대한 의견을 가감 없이 나눌 수 있는 동료로 대한다. 이 유대 속에서 그들은 함께 천연 염색의 무궁무진한 비전을 꿈꾸고 있다.

인연을 만들고, 함께 하는 순간의 소중함을 알게 된 김조은은 사업뿐만 아니라 새로운 방법으로도 인연을 만드는 중이다. 벌써 13년째 재능 기부 형태로 진행하고 있는 천연 염색 교육은 그 중 하나다. 그녀에게 천연 염색을 배운 제자는 무려 수백 명이다. 은퇴 후 제2의 인생을 살기 위해 기술을 배우려는 이들, 다양한 이유로 경력이 단절된 여성, 홀로 아이를 키우는 어머니, 미혼모들이 그녀의 주된 수강생들이다.

사회 경험이 부족한 채로 혼자 아이를 키워야 하는 막막한 상황을 먼저 겪어 본 인생 선배로서, 동시에 같은 여성으로서 김조은은 제자들의 아픔을 누구보다 깊이 이해하고 있다. 인생 1막에서 힘겹던 시간들이 있었기에 그녀는 내가 아닌 다른 이들의 삶까지 넓게 볼 수 있는 시각을 갖게 되었다. 지난한 과거는 잊고 지워야 할 악몽이 아니라 타인과 마음을 주고받을 수 있는 넓은 내면을 수양하게 해 준 시간이자 인생 2막을 새롭게 펼칠 수 있는 발판이 되어 주었다. 결국 모든 걸 가능하게 한 건 천연 염색이라고 김조은은 말한다. 천연 염색을 만나고부터 그녀의 마음속은 인생에 대한 걱정보다는 도전에 대한 기대로 가득 채워졌다. 정신없이 앞만 보고 살기보다 주변을 돌아볼 수 있게 되었다. 자신의 아픔만 아픔으로 여기지 않고 옆에 있는 사람의 아픔도 기꺼이 보듬는 어른으로 성장할 수 있었다.

기술을 알려 주는 것은 물론 마음까지 따스하게 어루만져 주는 스승이기에 수강 종료 후에도 그녀와 인연을 이어가는 제자들이 많다. 시간을 쓰고 갖은 노력을 하며 습득한 기술을 누군가에게 알려주는 것이 어렵고 꺼려지지 않냐는 질문에 그녀는 이렇게 답한다.

"가르쳐 주고 비워야 또 채우죠. 계속해서 연구하려면 비워야 해요. 제가 아는 건 무조건 알려주고, 새로운 걸 알게 되면 다들 모이라고 해서 또 가르쳐 줍니다."

그녀는 제자들이 그녀에게서 배운 기술을 통해 아이를 돌보며 할 수 있는 일을 찾길 바란다. 학교에서 귀가한 자식이 엄마를 부르며 집에 들어오면 그들을 반갑게 맞이해 주는 일. 그건 다른 무엇보다 아이의 정서를 위한 일이라고 굳게 믿고 있기 때문이다. 그런 믿음 속에는 황무지였던 한국 천연 염색 시장 속에서 홀로 길을 개척하면서도, 두 자식에게 엄마의 사랑만큼은 아낌없이 주고 싶었던 그녀의 바람이 깃들어 있다.

새로운 가치를 향해
계속되는 도전

김조은의 따뜻한 사랑을 받고 자녀들은 무럭무럭 자랐다. 천연 염색을 본격적으로 시작했을 당시 김조은의 아들은 대학교 1학년, 딸은 고등학교 2학년이었다. 둘 다 혼란스러운 청소년기와 사회 초년생 시절을 보내고 있었지만 어머니의 선택을 존중했다. 대학생 신분으로 아르바이트를 하던 아들은 20~30만 원씩을 벌어 어머니의 살림에 보탬이 되어 주기도 했다. 이후 나이가 들어서도 자식들은 어머니의 선택이고 결정이라면 무엇이든 늘 신뢰했다.

김조은의 아들 황찬규는 어머니의 일을 도와 공방을 운영하고 있다. 귀하게 키운 자식이지만 김조은은 공방에서만큼은 아들에게 엄격해진다. 아들 역시 진지한 태도로 염색을 보조하고 공방의 궂은일을 도맡으며 어머니를 돕는다. 한국 천연 염색계의 한 획을 그은 인물로 불리는 어머니에 대한 아들 황찬규의 자부심 또한 대단하다.

"어머니가 잘 살아오신 것 같아요. 어딜 가서든 부끄럽지 않은 그런 분의 아들이라는 게 저는 참 자랑스럽습니다."

꿈을 좇는 모든 과정에서 최선을 다하는 모습 덕분에 아들은 가장 존경하는 사람으로 망설임 없이 어머니를 꼽는다. 결혼식 주례는 존경하는 은사에게 부탁하는 것이라는 어머니의 말에 아들은 "엄마를 최고로 존경하니까 엄마가 하면 되겠네."라고 답했다. 확신에 찬 아들을 보며 김조은은 처음 천연 염색을 시작했던 때를 떠올렸다. 천연 염색이 준 위로만큼이나 그녀를 움직이게 만든 원동력은 '자식에게 부끄러운 부모가 되고 싶지 않다.'는 마음이었다.

김조은은 자식들에게 돈이나 재산은 못 물려줘도 명예를 물려주겠다고 스스로 약속했다. 어디 가서 김조은의 자식이라고 말하면 밥 한 그릇이라도 얻어먹을 수 있도록, 김조은의 아들딸이라는 이유만으로 대접받을 수 있도록 하겠다는 약속이었다. 그 말을 지키기 위해 그녀는 천연 염색 시장에서 높은 사회적 지위와 최고의 실력을 갖겠노라 목표했고, 이를 이뤄냈다.

도전과 실패를 두려워하는 이들에게 그녀는 이렇게 말한다.

"설령 결과가 좋지 않아 후회하게 되더라도, 일단 해 보세요."

그녀 역시 처음 도전할 때는 두려웠다. 그러나 실행하지 않고 계속해서 머뭇거리기만 한다면 생각에서 행동으로 나아갈 수 없다는 걸 그녀는 잘 알고 있다. 그 결과가 자칫 실패이더라도 왜 실패했는지에 대한 원인을 찾아서 다시 도전할 수 있다면 그것은 값지고 귀한 실패이자 경험이 되어 줄 거라고 그녀는 믿고 있다. 그 믿음이 김조은의 인생 2막을 이끄는 주요한 힘이 되어 주었다.

고운 색이 천 속으로 서서히 스며드는 과정인 천연 염색. '스며든다'는 말에는 두 가지 뜻이 있다. '속으로 배어든다'는 것과 '마음 깊이 느껴진다'는 것. 고운 색이 천 속으로 서서히 배어드는 동안 김조은 역시 자신의 마음을 깊게 살피는 데서 나아가 타인의 마음 깊은 곳까지 보듬을 수 있는 사람이 되었다. 햇살과 바람이 자연의 색을 빚어낼 동안의 시간. 그 시간동안 천 안으로 스며든 것은 원료의 색뿐만 아니라 김조은의 마음과 정성일 것이다. 그녀가 천연 염색을 통해 그녀의 주변을 다채롭게 물들인 것처럼, 천연 염색 역시 그녀의 마음을 따스하고 곱게 물들였다.

아직 목표를 전부 이루진 못했지만, 김조은은 이제까지의 삶을 돌아보았을 때 후회되는 순간은 없다고 회고한다. 그리고 앞으로도 계속해서 새로운 도전을 이어 나갈 거라고 말한다. 그녀의 다음 목표는 사업을 더욱 확장해서 커다란 매장을 짓는 것이다. 생계가 어려운 이들을 고용해서, 그들이 매장에서 일하며 삶을 꾸려나갈 수 있게 도와준다면 더할 나위 없이 좋겠다는 바람에서 나온 생각이다. 새롭게 꿈꾸는 미래를 향해, 김조은은 오늘도 힘찬 발걸음을 내딛고 있다.

시작부터 훌륭할 필요는 없지만

훌륭하기 위해선 시작해야 한다

지그 지글러 Zig Ziglar

개그맨에서 양념갈빗집 사장으로

이경래

왕년엔 '동작 그만!' 개그맨
이제는 연 매출 억대 고깃집 사장님

연 매출 10억 고깃집을 만든
끈기와 집념

'남남북녀', '달빛 소나타', '동작 그만'. 한 시대를 풍미한 개그 콩트들이다. 이경래는 그 콩트 속에서 걸레, 꼴통 등 빠져서는 안 될 역할로 종횡무진 활약한 개그맨이었다. 익살스러운 연기와 기발한 발상으로 대중에게 기쁨을 주던 이경래는 이제 새로운 방법으로 사람들에게 즐거움을 선사하고 있다. 입안을 풍요롭게 하는 참나무 향기 가득한 양념갈비를 통해. 방송국 무대를 떠나 고깃집 사장님으로 성공하여 화려한 인생 2막의 무대가 펼쳐지고 있는 그의 성공 신화는 그가 오랜 시간 공들여 일군 것이기에 더욱 값지다.

매일 이경래의 고깃집 앞에는 긴 대기 행렬이 이어진다. 코로나로 시장 상황이 안 좋았을 때도 가게는 언제나 만석을 이

뤘다. 넓고 쾌적한 인테리어가 한몫한다고 이경래는 말한다. 가게 내부는 카페처럼 테이블과 테이블 사이가 넓어서 이동 동선에도 불편함이 없고 일행과의 대화도 편하게 이어갈 수 있다. 정원처럼 꾸며놓은 야외에도 테이블이 마련되어 있어서 자연을 가까이 느끼며 식사할 수 있다. 그러나 무엇보다 감칠 맛 가득한 고기의 맛이야말로 손님들이 이경래의 가게를 찾아오는 이유이다. 능숙한 초벌 기술로 구워 낸 양념 갈비는 그야말로 환상적이라는 평을 받고 있다. 가게 방문은 물론 배달 주문도 몰려들 정도다. 이경래는 배달로 나가는 음식 포장까지 직접 한다.

"서빙하랴, 고기 구우랴. 몸이 열 개라도 모자라요. 하지만 날 믿고 주문해 주는 손님을 위해서라면 전부 내가 직접 하는 게 당연하죠."

절묘한 굽기와 특제 양념까지 어우러진 양념 갈비는 대전 손님들을 사로잡았고, 이내 전국으로 입소문이 퍼졌다. 마침내 이경래의 양념 갈빗집은 연 매출 10억을 자랑하는 고깃집이 되었다. 손님을 사랑하는 마음, 음식만큼은 완벽하고 맛좋은 상태로 내겠다는 신념, 그리고 손님의 즐거운 식사를 위해 자신의 모든 것을 바치는 희생정신. 이 세 박자가 어우러지며 만들어 낸 성과였다.

어느덧 대전에서는 모르는 이가 없을 정도로 정평이 난 이경래의 양념 갈비. 그 맛의 비결은 무엇일까? 바로, 참나무를 이용한 초벌이다. 참나무 초벌은 고기의 잡내를 잡아 주고, 향긋한 참나무 향까지 입혀 주기에 이 방법을 택했다. 양념 고기는 굽기가 까다로워서, 참나무 불에 초벌하는 기술을 터득하기까지 이경래는 수많은 고기를 태웠다. 하지만 초벌을 통해서만 원하는 맛을 낼 수 있었기에 포기하지 않았다. 좌절하지 않고 집념으로 반복해서 연습한 끝에 마침내 손님에게 자신 있게 내놓을 수 있는 실력을 갖추게 되었다. 수백 개의 고기를 태워 가며 맛있게 굽는 기술을 터득한 덕분에 이제는 불판 위에 놓인 고기가 가장 맛있게 구워졌을 때는 언제인지 한눈에 알 수 있을 정도가 되었다.

고기 위에는 이경래의 특제 양념이 더해진다. 이 양념에도 이경래의 노력이 가득 담겨있다.

"장장 8개월이 걸렸어요. 이 양념 하나 완성하는데 말이죠."

고깃집을 차리겠다고 결심한 후로부터 매일, 직접 배합해서 만든 양념을 고기에 발라서 구워 먹으며 가장 완벽한 맛을 잡아갔다. 고기가 물리는 것도 잊은 채 모두가 좋아할 맛을 찾아 헤매던 이경래의 집념은 아무도 말리지 못했다.

바닥부터 전성기까지

자신은 오래전 방송계를 떠났지만, 여전히 현직에 있는 동료들을 통해 요즘 방송국 이야기를 듣고 있노라면 이경래는 어쩔 수 없이 향수에 젖는다. 적적함을 해소하기 위해 동료 개그맨들과 재미 삼아 연기 합을 맞춰 보기도 하고, 가게 2층에 자그마하게 만들어 놓은 아지트에 그가 개그맨 시절 입었던 의상을 애지중지 보관하기도 하고, 인터넷 개인 방송을 통해 대중과 소통하기도 한다.

젊은 세대에게는 낯설 수 있지만, 나이가 있는 손님에게 이경래는 브라운관 스타로 여전히 익숙하게 기억되고 있다. 그렇기에 그의 고깃집에 찾아오는 손님 중 열에 아홉은 그를 알아본다. 오랜 시간 방송에 얼굴을 비추지 않았어도 여전히 자신을 알아봐 주는 고마운 손님들에게 그는 재치 있는 농담을 건네 즐거운 웃음을 선물한다. 간혹 나이가 있는 손님들은 그에게 '요즘은 왜 방송에 나오지 않냐.'고 물을 때도 있다. 겉으로는 웃어넘겼지만, 속으로는 일말의 씁쓸함이 남았다. 차마 말할 수 없는 비화가 있었기 때문이다.

어리고 풋풋한 청년 시절, 이경래의 집념은 그때부터 유명했다. 그는 M사의 공채 개그맨 1회 시험에 합격했지만 무대에

설 기회는 좀처럼 생기지 않았다. 여러 아이디어를 짜 내며 노력해 봐도 기대만큼 이름을 알리지 못한 그는 이듬해 K사 공채 개그맨 1기 시험에 지원했다. M사 공채 오디션에 합격한 경험과 노력 덕분에 이경래는 K사에도 한 번에 합격할 수 있었다. 그러나 그 후에도 여전히 이렇다 할 활동은 주어지지 않았다. 이경래는 8년 가까운 무명 생활을 버텨야 했다. 심형래, 최양락, 엄용수 등 그의 동기들이 이름을 알릴 동안 해낸 것 하나 없다는 자괴감에 빠질 때도 있었다. 긴 무명 생활 동안 그는 자주 조급해졌지만 그 시기는 오히려 개그로 꼭 성공하고야 말겠다는 원동력이 되어 주기도 했다. 더 개발하고 능력을 갖추면 성공할 것이라는 자기 자신을 향한 믿음이 있었기에 가능했다.

포기하지 않고 계속 도전한 덕분에 이경래는 마침내 인생 콩트인 '동작 그만!'에 출연하게 되었다. 어렵사리 붙잡은 기회를 놓치지 않기 위해 그야말로 온종일 개그와 콩트 생각만 하며 살았다. 항상 볼펜과 A4 용지를 가지고 다녔고 사람들과 이야기를 하다가도 좋은 아이디어가 떠오르면 그 자리에서 아이디어를 구체화했다. 아이디어와 개그에만 몰입해 살던 시절, 직접 대본까지 써 오는 그를 보고 동료들은 아이디어 뱅크라는 별명을 붙여 주었다. 모자라지만 순박하고 친근한 매력을 대중들에게 성공적으로 어필한 이경래는, 콩트에 빠져서는 안 될 감초 역할을 도맡게 되었다. 그는 남녀노소 모두의 사랑을 받으며 가히 전국적인 인기를 구사했다.

무모한 도전이 남긴
실패의 공포

하지만 여전히 채워지지 않는 건, 더 많은 돈을 벌고 싶다는 야망이었다. 방송에 주력하는 대신 사업을 시작하겠다고 결심했을 때 이경래는 훗날 자신이 그 결정을 후회하게 될 줄 꿈에도 몰랐다. 방송보다 사업이 더 많은 돈을 벌 수 있을 거라고 믿었기 때문이다.

"뭐든 성실하게만 한다면 성공은 보장된다고 생각했었죠. 그땐 사업을 잘 몰랐으니까."

그는 라이브 호프, 벤처 사업, 의료 사업 등 다양한 사업에 도전했다. 그러나 어느 하나 제대로 된 성과를 내지 못했다. 그저 열심히만 하는 것은 전혀 효과가 없었다. 결국 아무것도 모른 채 성급하게 도전한 탓에 개그맨 시절 벌어둔 돈도 모두 잃고 말았다. 다시 방송국으로 돌아갈 수도 없는 상황이었다. 사업에 뛰어든 초반에만 해도 PD들이 여러 차례 섭외 문의를 해 왔다. 하지만 일이 바쁘다는 이유로 방송을 계속 거절했고 그렇게 얼마 못 가 섭외 문의는 완전히 끊겼다. 행복과 돈을 좇아 방송국을 나왔지만, 사면초가 상태가 되어 어디로도 갈 수 없게 된 이경래는 술에 의존하게 되었다.

알코올 중독에 대인 기피증까지 앓게 되었을 때가 자신의 인생 중 가장 암울했던 시기라고 이경래는 말한다. 다른 누구보다 가족에게 가장 미안했다. 가장으로서 가족의 생계를 책임지지 못했기 때문이다. 점점 망가져 가는 자신을 보는 가족들의 마음 역시 망가지고 있음을 그는 느끼고 있었다. 고향인 대전이 그리워졌다. 35년간의 서울 생활에 익숙해질 대로 익숙해진 줄 알았으나 너무나 잘 알고 있다고 생각한 도시인 서울에서의 사업이 줄줄이 실패하자, 도시 자체가 이경래에게는 트라우마로 남게 되었다. 낯설어진 공간 속에서는 하루도 버틸 수 없었기에 결국 떠나기로 마음먹었다. 사랑하는 가족을 위해서라도 멍하니 좌절하고만 있을 수는 없었다. 어디로 가야 할지 갈피를 잡지 못하고 있을 때, 이경래는 고향 선배인 이경환에게 연락했다. 그날은 비 오는 일요일이었지만 이경환은 아끼는 동생을 위해 한달음에 서울로 올라와 몸도 마음도 만신창이가 된 이경래를 대전으로 데려가 주었다.

이후 이경환은 그의 인맥을 이용해 대전 사람들과의 모임에 이경래를 소개했다. 기운을 차린 이경래가 식당 사업을 해 보겠다고 선언했을 때 이경환은 그를 물심양면으로 도왔다. 이경환이 마치 자기 일인 양 나서서 도움을 준 덕분에 이경래는 점차 대전에 터를 잡아갈 수 있었다. 개그맨 시절, 길고 긴 무명 생활을 버텼던 때를 떠올리며 다시 긍정적인 마음으로 생업에 뛰어들 준비를 하려고 했다. 그러나 서울에서 겪은 깊은 실패의 공포에서 쉽사리 벗어나지는 못했다. 항상 신경이 곤두서 있었고 무언가에 쫓기듯 여유롭지 못했다. 예민하고 욱하는 성격이기에 필요 이상으로 자신을 채찍질하기도 했다. 그런 이경래에게, 이경환은 마음을 놓으라고 당부했다.

"대전에 살려고 왔지. 죽으려고 온 게 아니지 않니? 항상 스펀지가 되어라."

유연한 태도를 길러 주변 상황에 부딪히지 말고, 흡수하거나 흐르게 두라는 선배의 조언. 그 조언을 통해 이경래는 자신을 돌아보며 스스로 너무 옥죄고 있었다는 사실을 깨달을 수 있었다. 그 뒤 이경래는 마음의 문을 활짝 열었다. 주변의 상황은 물론 사람들도 품으며, 맑고 밝았던 모습을 되찾아 갔다.

비극에서 희극으로
돌아온 인생

마침내 마음을 추스른 이경래는 지금의 양념 갈빗집을 열었다. 식당 일만큼 어려운 게 없다는 것을 지금은 너무 잘 알고 있지만, 아무것도 모르던 때의 이경래에게 식당은 다소 만만해 보였다. 제대로 된 준비 없이 뛰어든 탓에, 식당을 시작한 2년 동안은 몸과 마음을 과로하게 만드는 자영업의 무서움을 체험했다. 그러나 그는 끈질긴 집념으로 식당을 차근차근 성장시켰다. 좋은 고기 공급처를 찾았고 메뉴를 연구하고 또 연구했다. 두려움을 이겨내고 몸을 움직이자 긍정적인 본래의 모습으로 금세 돌아올 수 있었다. 그런 각고의 노력 덕분에 손님들도 모여들기 시작했다. 자연스럽게 식당은 성공 가도를 달리게 되었다.

대전뿐 아니라 전국에서 온 손님들로 식당 안이 가득 차게 되었을 때 그는 이루 말할 수 없는 희열감을 느꼈다. 그렇게 되기까지 많은 사람의 도움이 있었다. 이경환을 포함한 많은 이들의 도움은 이경래를 따뜻하게 보듬었다. 좋은 재료를 납품해 준 상인들과 전적으로 믿고 도와준 가족과 친구들, 그리고 그의 음식을 먹으려고 가게를 방문한 손님들까지.

"그중에서도 가장 고마운 사람은 바로 나 자신이에요. 실패 앞에 영영 좌절하지 않았던 나. 끝까지 버티고 견뎌낸 나 자신이 아주 대견합니다."

이제 이경래는 자신이 받은 사랑에 보답하기 위해 재능기부와 지역 봉사에 적극적으로 참여하고 있다. 머지않은 미래에 아이들을 가르치겠다는 커다란 계획도 세우고 있다. 그를 따라 서울에서 대전으로 내려온 후배도 있을 정도로 이제 그는 누군가를 품어 줄 만큼의 성품과 여유를 갖춘 사람이 되었다. 더는 서울에서의 삶이나 방송에 대한 미련은 없다. 자신이 꾸려 낸 새로운 삶이 여기에 있으니. 그저 손님과 가게를 위해 최선을 다해야겠다는 다짐만이 그의 마음을 가득 채우고 있다.

인생은 가까이서 보면 비극이지만 멀리서 보면 희극이다. 누군가에게 즐거움을 주던 개그맨 이경래의 삶도 다르지 않았을 것이다. 웃음 뒤에 숨겨진 눈물과 땀은 자칫 그의 삶을 비극으로 끌고 갈 수도 있었다. 하지만 좌절을 씩씩하게 딛고 일어난 이경래는 그의 삶을 기쁨이 넘치는 희극으로 꾸몄다. 새로운 도전에 대한 긍정적인 마음가짐과 집념이 있었기에 가능한 일이었다. 그의 인생 2막을 비추는 화려한 조명은 다른 무엇도 아닌 이경래, 자기 자신이다.

도전은 인생을 흥미롭게 만들며

도전의 극복이

인생을 의미 있게 한다

조슈아 제이 마린 *Joshua J. Marine*

박재린

연 매출 5억, 상추는 나의 보물
사업 사기로 모든 걸 잃었을 때
상추로 재기하다

상추로 시작해서
상추로 끝나는 하루

상추는 밥상에서 어렵지 않게 찾아볼 수 있는 채소다. 하지만 상추로 새로운 삶을 연 박재린에게 상추는 평범한 채소, 그 이상의 의미가 있다. 충남 청양의 한적한 시골 마을에서 박재린은 금처럼 소중한 상추를 기르고 있다. 금이야 옥이야 기른 상추는 그를 성공한 농부로 만들어 주었다.

박재린은 연중 생산이 가능한 채소인 상추를 기르기 위해 하우스 농법을 사용한다. 덕분에 비가 오는 날에도 어렵지 않게 상추를 딸 수 있다. 노력과 정성만 받쳐 준다면 말 그대로 365일 수입을 낼 수 있는 환경이지만 아무리 사시사철 재배가 가능하다고 하더라도 그에 따르는 노력이 없었다면 박재린은 지금의 위치까지 오르지 못했을 것이다.

　박재린의 하루는 상추로 시작해서 상추로 끝난다. 부추를 이용해 직접 만든 효소를 땅에 뿌리는 것으로 그의 일과는 시작된다. 사람이 영양제를 먹고 더 건강해지듯 영양 넘치는 땅을 만드는 것은 질 좋은 상추를 재배하기 위한 필수 절차다. 끊임없는 재배를 위해 모종 심기 역시 게을리하지 않는다. 상추의 재배 기간은 3개월로 여느 채소에 비해 비교적 짧다. 처음 한 달은 모종을 새로 심어 기르고, 다음 한 달은 땅을 옮겨 심는다. 그렇게 다시 한 달이 지나 수확하는 일정이라 바쁘고 번거로울 때도 많다. 하지만 신선하고 질 좋은 상추를 고객에게 대접하기 위해 그는 성실하게 모종을 심고 파종을 한다.

　상추 수확이 마무리되면 그날 배송할 택배를 포장하는 일과가 기다리고 있다. 하루치의 물량은 당일에 배송하는 것을 원칙으로 하기에, 많은 인원이 이 작업에 투입된다. 이때 택배 상자에 포장되는 것은 상추뿐만이 아니다. 보통 가정집에서는 상추만 필요한 경우가 거의 없기에 박재린은 주변 농가와 협업해서 다양한 채소를 주문받아 함께 배송하는 서비스를 고안했다. 다양한 판로에 대해 모르는 시골 농부들은 상품을 판매할 수 있고, 소비자는 다양한 채소를 신선하게 받아볼 수 있어 그야말로 상부상조다.

이런 장점을 가진 서비스다 보니 박재린의 농장을 오가는 택배 차량도 많다. 배송 기사들이 청양 일대 채소 배송으로는 손에 꼽힐 정도로 물량이 많다고 이야기할 정도다. 하루에 기본적으로 50박스 이상을 출고할 정도로 그의 상추는 인기가 좋다.

부지런히 채소 배송을 마치고 나서도 일은 끝나지 않는다. 박재린은 식당으로 직접 상추를 납품하러 가기 위해 차에 오른다. 청양 시내에 있는 식당과는 6년 넘는 긴 세월 동안 거래를 이어 오고 있다. 일주일에 20상자씩 상추를 팔아 주는 그 식당은 박재린에게 더없이 고마운 손님이자 중요한 사업 파트너다.

밤이 늦어도 박재린의 업무는 끝나지 않는다. 늦은 밤, 그가 상추를 싣고 가는 곳은 대전의 한 농산물 공판장이다. 당일 수확한 상추를 경매에 부쳐 판매하기 위해 그는 토요일을 제외하고는 매일 공판장을 방문한다. 상추의 품질만큼은 누구보다 자신 있지만, 경매를 앞두고 각 농장의 상추를 직접 볼 때면 긴장을 감추기 힘들다. 오늘 수확한 물건인지, 크기는 쌈에 적합한지, 색도 어느 정도 진하고 먹음직스럽게 올라왔는지 저마다의 꼼꼼한 기준을 가진 경매 참여자들이 모여들면 마침내 경매가 시작된다. 손에 땀을 쥐는 긴장도 잠시, 박재린

의 상추는 언제나 높은 가격이 매겨진다. 그는 자신의 상추를 구매해 주는 많은 사람에게 말로 다 할 수 없는 고마움을 느낀다. 좋은 상추를 샀다며 기뻐하는 사람들을 볼 때면 최고의 상추를 위해 고민해 온 지난 시간이 인정받는 기분이다. 이런 행복을 안고 집으로 돌아오는 길은 그 어느 때보다 발걸음이 가볍다.

매일 흙을 주무르는 탓에 박재린의 손톱 밑 새카만 흙은 사라질 날이 없다. 열정으로 가득 찬 그지만 농사가 마음만큼 따라와 주지 않을 때면 스트레스를 받곤 한다. 그럴 때 그는 상추에 위로받는다. 질긴 생명력으로 무럭무럭 자라는 상추를 보고 있으면 그의 의지가 불타오른다. 그에 용기를 얻은 덕분에 박재린은 좌절을 훌훌 털고 일어날 수 있었다.

"최고의 상품을 만들겠다."

박재린은 매일 각오한다. 쉰이라는 나이에 그에게 새로운 인생을 열어 준 상추는 자식처럼 귀한 존재다. 모두가 어렵다고 말렸지만 그는 상추 농사에 매진했고, 이제 상추에 관해선 모르는 것이 없는 전문가로 거듭났다. 보물 같은 상추를 위해서 그는 최고의 상추를 만들기 위한 노력을 소홀히 할 수 없다.

성실함에 아낌없는 대가를 주는 채소

연 매출 5억의 상추 농부로 성공을 이룬 박재린이지만, 그에게는 떠올리는 것만으로 슬픈 과거가 있다. 인생 2막으로 농업을 시작하기 전, 그는 오랫동안 축산업을 했다. 대학 졸업 후 22살부터 소와 닭 등 여러 가축을 키웠고, 그 삶을 20년 넘게 이어왔다. 축산업으로도 그는 나름의 부와 명성을 쌓으며 풍족한 삶을 살았다. 앞으로의 인생도 탄탄대로일 것만 같던 바로 그 시기, 박재린은 한 가지 사업을 제안 받았다. 행사 관광, 유통 등 다양한 것을 농사에 접목한 농사특화사업이었다. 도시민을 시골로 오게 만들겠다는 원대한 비전에 설득된 박재린은 거액을 투자했다. 사업을 제안한 사람을 따라 충남 청양으로 삶의 터전을 옮길 만큼 박재린은 그 일에 몰입해 있었다.

그런데 하루아침에 사업과 돈이 모두 사라졌다. 그에게 사업을 제안한 동업자가 사업자금을 가지고 사라진 것이다. 그 후의 삶은 이전과는 180도 달라질 수밖에 없었다. 청양군 기관은 물론 청양군의 여러 사람이 도움을 주었는데 하루아침에 사업이 무너지자, 관련자들은 박재린 역시 사기꾼으로 여기게 되었다.

입이 열 개라도 할 말이 없는 상황에 암울한 시간을 보내던 중, 그는 우연히 상추라는 작물에 관심을 가지게 되었다. 그 관심은 한번 잘 키워보고 싶다는 의지로, 또다시 잘 키울 수 있을 것 같다는 확신으로 발전했다. 축산업을 하며 쌓아온 나름의 비법이 큰 도움이 되었다. 박재린은 2년간 묵묵히, 하우스에서 상추를 기르는 일에만 매진했다. 그런 성실한 태도 덕분에 주변 사람들의 시선도 달라졌다. 그를 의심하던 마을 사람들은 이제 그를 믿고 지지하며 일을 돕는다.

9년 전, 처음 상추 농사를 시작했을 때 박재린에게는 단 3개 동의 하우스뿐이었다. 그러나 상추는 노력한 만큼의 대가를 주는 채소라는 걸 알고 있던 박재린은 온 열정을 바쳐 상추를 길렀다. 덕분에 지금 그는 200평짜리 하우스 30동을 가진 농장의 대표가 되었다.

함께 손발 맞춰 일하는 동료의 소중함

박재린의 상추는 특히 쌈에 적합한 크기로 재배되어 인기가 많다. 한 잎에 50원인 상추가 한 박스에 800장 정도가 들어가는데, 구매 주문이 하루에만 200상자 가까이 쏟아진다. 성수기 여름에는 하루 매출이 꾸준하게 400만 원을 기록해한

달만에 1억을 번 적도 있다.

하지만 박재린은 매출보다는 상추를 따고 관리하는 인력에 더 신경을 기울인다. 특히나 상추는 파종부터 수확까지 모두 사람의 손길이 닿아야 하기 때문에, 믿고 맡길 수 있는 동료가 필수적이다. 마을의 노인들을 고용해 상추 농장의 일자리를 주고, 10년 가까이 좋은 관계를 유지하고, 갈등 한 번 빚지 않은 비결은 바로, 박재린의 숨은 배려다. 그는 여러 사람과 함께 하는 상황 속에서 긍정을 잃지 않기 위해 노력하며 누구나 잘하는 것과 못하는 것을 가지고 있다는 열린 마음으로 사람을 본다. 어쩔 수 없이 못 하는 것은 눈에 띄지만 그것에만 집중하면 사람이 미워지기에 최대한 그런 상황을 경계한다.

"항상 사람들이 잘하는 것에 더욱 주목하고, 계속해서 소통하려고 노력합니다."

일을 돕는 마을 사람들의 출근을 돕기 위해 박재린은 매일 아침 직접 그들의 집 앞으로 찾아간다. 대부분 그보다 나이가 많은 노인들이기에 조금이라도 거들 수 있는 일은 모두 거들려고 노력한다. 신뢰를 잃었던 자신을 다시 한번 믿어준 것에 대한 보답이기도 하다. 또한 설령 큰 손해를 보더라도 농장에서 일하는 사람들의 체력과 건강을 위해서라면 과감하게 휴식을 결정한다. 상황에 유연하게 대처하는 판단력과 포용력은 그의 농장에서 매일 문제없이 상추가 수확될 수 있는 이유이며, 함께 일하는 농부들이 그의 곁을 10년 가까이 지킨 이유다. 비단 농장의 주인과 농부라는 한정적인 의미를 넘어, 이제 그들은 눈빛만 보아도 통하는 우정을 가진 동료다.

박재린은 함께 일한 농부들이야말로 농장 성장의 주역이라고 말한다. 한편 농부들은 박재린의 리더십이 농장을 키웠다고 입을 모은다. 서로 간의 신뢰와 배려가 없다면 불가능했을 끈끈함이다. 상추에 쏟는 열정과 더불어 그의 포용력과 이해심 역시 농장을 키운 일등 공신이다. 함께 일하는 동료들 모두 주인 의식을 가진 덕분에, 30동 넘는 하우스 운영에 어려움은 전혀 없다. 길게는 10년 넘게 손발을 맞춘 동료와 함께하며 박재린은 한순간 모든 것을 잃어버린 삶을 극복하고 화려한 인생 2막을 시작할 수 있었다.

최고의 상추 수확을 향해

평소 바쁜 농장 일 때문에 박재린은 외출도 자유롭게 하지 못한다. 눈코 뜰 새 없이 바쁜 그지만 인근 농가에 문제가 생겨 도움이 필요할 때면 곧장 그리로 나선다. 아무리 애를 써도 해결되지 않던 문제는 박재린의 손만 거치면 말끔하게 해결된다. 10여 년의 노하우가 빛을 발하는 순간이다. 내친김에 그는 직접 시범을 보이며 이후에도 같은 문제가 생기면 어떻게 해야 하는지 요령을 알려준다.

그에게 일 년 넘게 농사를 배운 김은영도 농장에 문제가 생기면 박재린에게 도움을 요청한다. 김은영이 농사를 배우겠다고 직접 박재린을 찾아오며 이 특별한 인연은 시작되었다. 박재린은 김은영에게 농사를 기초부터 차근차근 가르쳤고, 이후 자신의 하우스 한 동을 김은영에게 임대해 줘서 농사를 시작할 수 있도록 도왔다.

김은영은 어느덧 어엿한 농부로 성장해 꽤 높은 매출을 달성하고 있다. 박재린에게 농사를 배우겠다며 찾아왔을 때만 해도 김은영에게는 100만 원뿐이었다. 하지만 박재린에게 가르침을 받고 하우스를 임대한 후, 김은영은 몇 개월 만에 1,400만 원이라는 높은 수입을 벌어들였다. 상추라는 작물에 대해서는 물론, 농사에 대해서도 아무것도 모르고 의욕만 앞서 갖은 고생을 할 뻔했지만 훌륭한 스승 밑에서 공부한 덕분에 김은영도 성실한 동료 농부로 성장 중이다.

상추에 인생을 건 박재린에게는 또 다른 꿈이 하나 남아있다. 어렵고 힘든 시기, 그에게 꿈을 되찾아주고, 인생 2막을 성공으로 이끌 수 있게 해 준 상추를 누구나 인정할 만큼 최고 품질로 기르는 것이다. 가을 상추는 문을 걸어 잠그고 먹는다는 말이 있다. 그만큼 그 계절에 상추는 맛과 영양 모두 으뜸이라는 뜻이겠지만, 박재린은 그의 밭에서 수확한 매 계절의 상추가 최고의 상추가 될 수 있길 바란다.

"저는 지금도 꿈을 향해 나아가고 있습니다."

상추는 거친 자연 속에서도 끈질긴 생명력을 가지고 자라는 동시에, 부드럽고 순한 잎을 가지고 있어 많은 이들의 사랑을 받는다. 어려운 삶이었지만, 긍정적인 태도와 희망을 잃지 않고 주변의 소중한 사람과 함께하는 박재린의 인생과 많이 닮아있다. 박재린이 상추를 재배하는 삶을 사랑하는 만큼 그의 상추 역시 큰 사랑을 받는 최고의 상추가 되어가고 있다.

지금이야말로 일할 때다

지금이야말로 싸울 때다

지금이야말로 나를 더

훌륭한 사람으로 만들 때다

오늘 그것을 못하면

내일 그것을 할 수 있는가

토마스 아 켐피스 *Thomas a Kempis*

배우에서 아트 디렉터로

이광기

미술 작품을 소개하는 배우
연기하는 아트 디렉터
상실의 슬픔을 예술로 승화하다

우연히 시작된 배우의 길

2018년, 이광기는 예술 작품 전시와 다양한 문화 행사를 진행할 수 있는 갤러리를 열었다. 아트 디렉터로서 이광기의 행보는 이렇게 시작됐다. 그동안 미술 작품을 취미로 감상하며 쌓아 온 안목 덕분에 그의 갤러리 컬렉션은 호평을 받고 있다. 감각적이면서 독특한 작품으로 가득 찬 이광기의 갤러리는 그의 인생 2막, 아트 디렉터로서 내딛은 발자취의 한 걸음 한 걸음이 전부 담긴 공간이다.

그림 감상 취미가 직업이 된 것에 대해 그는 크게 만족하고 있다. 좋은 작품을 누구보다 먼저 볼 수 있는 건 그에게 큰 기쁨이자 선물이기 때문이다. 하지만 전문적인 아트 디렉터가 되기까지는 많은 고민이 있었다. 스스로가 좋은 그림을 볼 수 있는 안목을 갖췄는지, 자기 자질에 대해 확신하지 못했기 때문이다. 그러나 이광기는 그 고민 앞에서 포기하지 않았다. 꾸준하게 다양한 작품을 접했고 자료를 찾아 공부했다. 전시를 연다면 어떤 기획을 할지 구상해 보기도 했다. 무수한 노력 끝에 대중이 익히 아는 배우 이광기가 아닌, 더 발전된 지금의 이광기가 있는 것이다.

인생 1막, 배우 이광기로서의 삶은 열여섯에 시작되었다. 어린 나이에 친구를 따라 참가한 오디션에 붙은 것이 그의 연기 인생 출발점이었다. 시작은 우연이었으나 자기 내면에 숨겨진 연기 재능을 발견할수록 배우가 자신의 천직이라고 느꼈다. 하지만 아역에서 성인 연기자로 넘어가는 기간 동안 그는 긴 무명 생활을 거쳐야 했다. 8년이라는 무명 세월과 적은 수입을 견뎌 낼 수 있던 것은 연기에 대한 무한한 애정 덕분이었다.

배우는 기다리는 직업이라는 말이 있듯, 이광기의 오랜 기다림은 큰 열매를 맺었다. 대하 사극 〈태조 왕건〉에 '신검' 역할로 출연하며 일약 스타덤에 오르게 된 것이다. 갈고 닦은 내공을 바탕으로 펼친 그의 명연기는 대중의 이목을 끌었다. 쏟아지는 스포트라이트 속에서 이광기는 데뷔 15년 만에 신인상을 받았다. 그 후 30년 넘게 연기 커리어를 이어 왔다. 특유의 입담으로 예능계까지 섭렵한 이광기는 만능 엔터테이너로 점

점 활동 영역을 넓혀 갔다. 남부러울 것 없던, 행복한 인생이
었다.

슬픔을 승화하여
사람과 세상을 위해

그런 이광기에게 닥친 시련은 순식간에 모든 걸 무너뜨렸
다. 눈에 넣어도 아프지 않을 일곱 살 아들의 죽음이었다. 상
승 가도를 달리던 그는 주저앉고 말았다. 갑작스러운 사별의
원인은 당시 유행하던 전염병, 신종플루였다. 전국적으로 신
종플루에 의한 피해가 늘어나던 시기였다. 아들의 사망 소식
은 많은 국민의 마음을 아프게 했다. 무수한 위로와 응원에도
불구하고 이광기는 깊은 슬픔에 잠겼다. 절대 극복할 수 없을
거라고 생각했다.

하지만 그는 아들을 잃은 슬픔을 남다른 방식으로 승화하
고자 용기를 냈다. 2021년 1월, 아들과의 추억을 담은 책 〈내
가 흘린 눈물은 꽃이 되었다〉를 출간하며 다시금 세상과 마
주한 것이다. 이광기는 슬픔을 애써 잊거나 극복하려 하지 않
고, 오히려 아들을 평생 기억하고 싶은 마음으로 책을 썼다.

아들과의 이야기를 책으로 남겨 둔다면 아무리 시간이 흘러도 그 슬픔을 온전히 간직할 수 있으니까. 슬픔을 삶의 일부분으로 받아들이는 게 아들을 위한 진정한 애도라고 그는 생각했다. 죽은 자식은 가슴에 묻는다고 하지만 이광기는 아들과 항상 함께하기를 원했다. 그렇게 긴 고민 끝에 그는 책 출판을 결정했다.

대중의 반응은 예상 밖이었다. 이광기처럼 가족을 잃은 슬픔을 가진 독자들이 책을 읽고 큰 위로를 받았다는 후기를 남기기 시작한 것이다. 누군가의 슬픔은 그걸 미리 겪은 사람이 가장 잘 보듬을 수 있기에, 그의 책은 본인은 물론, 사랑하는 사람을 잃은 이들의 마음도 따스하게 어루만져 주었다. 위로받은 모든 독자들에게 삶의 의지를 북돋아 주기 위해, 아들을 다시 만나게 될 날 부끄러운 아빠가 되지 않기 위해, 이광기는 하루하루를 보람 있게 살려고 노력한다.

아트 디렉터가 된 것 역시 아들에게 부끄럽지 않은 아빠가 되기 위한 선택이었다. 연기자로 활동하던 당시에도 그는 작가들을 만나고 미술 작품 보는 걸 즐겼다. 모르고 있던 세계를 발견하는 기쁨 덕분에 작품을 하나둘 사 모으기도 했다. 그때까지만 해도 단순히 취미의 영역이었다. 그러던 중 아들이 세상을 떠난 것이다. 세상을 향한 원망에 사로잡힌 이광기는 미술 작품 수집도 그만두었다. 아들과의 행복한 추억이 스며든 작품을 보는 것조차 괴로웠다.

그렇게 하염없이 눈물만 쏟던 어느 날, 아이티에 대지진이 일어났다. 그날은 아들의 생명 보험금이 그의 통장에 입금된 날이기도 했다. 그의 아내는 통장 내역을 보고는 하염없이 눈물만 흘렸다. 복잡한 마음에 사로잡힌 이광기는 이 돈을 하루빨리 없애야겠다고 생각했다. 그는 대지진이 발생한 아이티에 아들의 보험금 전액을 기부했다. 아들의 영혼이 세상에 조금이나마 밝은 빛을 비춰 주길 바라는 마음이었다. 그전까지 그에게 기부는 먼 이야기였다. 태어나서 한 번도 누구를 도운 적 없었다. 자신과 가족을 먹여 살리기 위해 살아온 삶 속에서, 처음으로 얼굴도 모르는 사람을 위해 돈을 쓰게 된 것이다. 기부하는 순간조차 과연 이 선택이 옳은지 그는 고민했다. 하지만 기부금을 입금하고 기부처에서 걸려 온 전화를 받은 순간, 그는 자신의 선택이 잘못되지 않았다는 것을 깨달았다.

"작은 씨앗이 열매를 맺습니다."

전화 너머 들려온 '씨앗'이라는 말에 그의 가슴이 뛰었다. 남은 생은 죽은 듯 살게 될 줄 알았는데, 누군가를 살릴 수 있다는 자신의 가능성을 실감한 것이다. 우연인 듯 운명적으로 시작한 기부는 이후 자원봉사로 이어졌다. 아이티로 건너간

이광기는 폐허가 된 그곳을 재건하는 봉사에 적극적으로 임했다. 고통받는 아이티 국민들을 보듬으며 그의 마음 역시 서서히 치유되었다. 그 과정에서 이광기는 한 가지 교훈을 얻었다. 가망 없이 죽어가는 듯 보이는 삶일지라도 그 밑에는 새로운 생명을 잉태할 씨앗이 있다는 것이다. 그의 씨앗은 아들을 위하는 마음이었다. 아들이 선물한 인생 2막은 무럭무럭 자라 사람과 세상을 위하는 열정으로 피어났다.

봉사를 통해 다시 일어설 힘을 얻은 이광기는 자원 경매를 열었다. 그동안 사 모은 작품을 경매에 판매해서 그 수익금으로 아이티에 학교를 지었다. 그리고 그곳에서 아이들의 밝은 모습을 카메라에 담아 작품으로 만들었다. 그 경험은 이광기의 삶을 예술로 이끌었다. 열정적으로 사진을 찍는 동안, 예술만이 줄 수 있는 힘을 느꼈던 것이다. 그런 열정을 품고 활동하는 훌륭한 예술가들을 세상에 알리고자, 그는 본격적인 아트 디렉터가 되기로 결심했다.

예술로 대중과 소통하다

그의 갤러리에서는 다양한 시도가 진행되고 있다. 여러 시행착오를 몸소 체험한 덕분에 그는 대중에게 인정받는 아트 디렉터가 될 수 있었다. 그중 하나인 온라인 경매 쇼는 아트디렉터 이광기만의 시그니처로 자리 잡았다. 갤러리 2층에 마련된 별도 공간에서 진행되는 온라인 경매 쇼는 현장 참가자 없이 오직 인터넷 라이브 방송으로만 진행된다. 이는 갤러리에 방문하지 않고도 누구나 경매에 참여할 수 있다는 장점이 있다. 공간과 시간에 구애받지 않고 핸드폰만 있으면 경매에 참여해 입찰이 가능한 것이다.

경매는 이광기의 입담으로 시종일관 유쾌하게 진행된다. 일반적인 경매가 엄숙한 분위기 가운데 진행되는 것과는 크게 대비되는 지점이다. 이렇게 쇼처럼 진행되는 경매이기에 시청자들은 더욱 활발하게 경매에 참여한다. 작품에 대한 시청각 자료를 활용하는 방식 역시 시청자들의 흥미를 효과적으로 끌어냈다. 전에 없던 파격적인 시도지만 온라인 경매 쇼는 예술과 대중 사이의 거리감을 좁힌 성공적인 사례로 평가되고 있다. 이렇게 자신만의 유쾌함을 이용해 이광기는 미술로의 진입 장벽을 낮추려고 노력 중이다.

2020년에 첫 선을 보인 경매 쇼는 그 인기에 힘입어 60회 가까이 진행되었고 매회 완판 행렬을 이어갔다. 인터넷을 통한 광범위한 홍보 효과 덕분에 많은 사람이 갤러리를 찾게 되었고, 이광기의 갤러리는 더욱더 많은 작가의 작품을 대중에게 선보일 기회를 얻었다. 꿈만 꿔 오던 선순환 속에서 이광기는 어느 때보다 행복한 나날을 보내고 있다.

또 다른 온라인 활동으로는 SNS에 연재하는 콘텐츠가 있다. 예술품은 돈으로 살 수 있다. 그림도 마찬가지다. 하지만 그림을 통해 얻는 희로애락은 돈으로 살 수 없다. 그렇기에 아트 디렉터는 합리적인 가격으로 그림을 판매해야 하는 것은 물론, 그림을 구매한 고객이 그림에 특별한 감정을 가질 수 있도록 만들어야 한다고 이광기는 믿는다. 그림에 담긴 히스토리를 설명해서 고객이 그림을 통해 매일 새로운 감정을 느낄 수 있도록 만들어야 한다는 것이 그의 지론이다. 이를 위해 이광기는 개인 SNS 채널에 예술과 관련된 다양한 콘텐츠를 제작해서 업로드하고 있다. 예술이 낯선 대중들에게 조금 더 쉽고 재미있게 예술을 선보이기 위한 시도인 동시에, 온라인상에서라도 대중과 소통할 수 있는 채널을 늘려 나가기 위한 그의 적극적인 노력이다.

이렇게 온라인 상의 소통에 힘쓰는 한편, 오프라인에서의 활동도 적극적으로 만들어 가고 있다. 이광기는 갤러리 공간을 활용해서 다양한 예술 행사를 기획했는데, 이 전시들은 코로나 장기화로 전시 기회가 줄어든 신진 작가들에게 새로운 열정을 불어넣는 기회가 됐다. 오랜 무명 생활을 겪어 본 그이기에 자신의 이름을 알리기 위해 노력하는 작가들을 진심으로 응원한다. 열심히 노력해 완성한 작품이 팔린다면, 그 수익금을 통해 더욱더 좋은 작품이 완성될 것이고 이는 작가는 물론 그의 갤러리에도 좋은 영향으로 이어질 것이라고 그는 굳게 믿고 있다.

갤러리에 새로운 전시회가 오픈하는 날이면 이광기는 바쁘게 움직인다. 관람객의 눈에 작품이 가장 아름답게 보일 구도를 완성하려면 작품 진열부터 설치까지 일일이 그의 손을 거쳐야 하기 때문이다. 그렇게 시간과 공을 들인 전시회를 선보이는 날이면 이광기는 꿈이 현실로 이루어진 듯한 기분에 잠긴다. 많은 사람들이 꿈을 꾸며 살아가지만 그 꿈이 이루어지는 것은 정말 어렵다는 것을 잘 알고 있기에 이광기는 그를 믿고 작품을 맡긴 작가와 전시를 보러 찾아 준 대중에게 감사한 마음을 가진다. 아트 디렉터 이광기의 컬렉션이라면 신뢰할 수 있다는 평가를 받기 위해 그는 언제나 노력을 게을리하지 않는다.

"제가 운영하는 갤러리의 궁극적인 목표는 대중의 미술 진입 장벽을 부수고 미술을 더욱 널리 전파하는 겁니다."

이광기는 아트 디렉터라는 직업을 비빔밥에 비유한다. 멋진 작품들을 전시장에 모아 대중에게 선보이는 그의 일이 훌륭한 재료를 엄선해서 한 그릇에 먹음직스럽게 내놓는 일과 같다고 느끼기 때문이다. 바쁘고 치열하게 흘러가는 삶 속, 그림을 감상하며 느끼는 여유와 마음의 변화에 이끌려 선택하게 된 직업이지만 어느 순간부터는 대중과 예술로 소통하는 매력에 푹 빠진 이광기. 그는 이제 미술계에 바람을 일으키는 아트 디렉터를 꿈꾼다.

"아트 디렉터로서 가장 행복할 때는, 제가 발굴한 신인 작가가 미술 시장에서 좋은 평을 받았을 때입니다."

좋은 작가를 자신이 발굴했다는 우쭐함이 아니라, 예술을 통해 세상과의 소통에 성공했다는 뿌듯함 덕분이다. 그러나 동시에 그 뿌듯함은 책임감을 동반한다. 작가에게는 좋은 시장을, 시장에게는 좋은 작가를 계속해서 연결해 주고 싶다는 목표 의식이 있기 때문이다.

기부와 봉사를 계기로 시작한 인생 2막인 만큼 이광기가 가장 중요시하는 것은 나눔이다. 예술을 통한 나눔을 실천하는 아트 디렉터가 되기 위해 그는 지역 아동 센터를 대상으로 문화 예술 교육을 진행했다. 취약 계층 아이들과 현대 미술 작가가 함께 만든 작품을 판매해서 그 수익을 기부하는 활동도 예술을 통한 나눔의 일환이다.

그는 가진 것이 넘치는 사람만 기부하는 것은 아니라고 생각한다. 그에게 진정한 기부란 '아주 작은 것이라도 누군가에게는 삶을 새롭게 시작할 씨앗이 될 수 있다.'라는 마음으로 나누는 것이다. 자신이 가장 좋아하고 잘할 수 있는 일을 통해 진정한 기부를 실천하는 이광기. 배우이자 아트 디렉터로 인생 2막을 그려나가는 그는 자신의 삶 속에서 기부의 입지를 더욱 넓히겠다는 목표를 가지고 있다. 나눔이라는 땅 위로 아들이라는 소중한 씨앗이 피워 낸 꽃을 보살피며, 더욱더 많은 꽃으로 땅을 채우기 위한 목표다.

"고여서 썩지 않기. 항상 꿈꾸며, 노력을 게을리하지 않기."

이것은 이광기가 인생 2막의 목표를 달성하기 위해 고수하는 가치다. 그 가치를 모두 지켰을 때 비로소 행복한 삶을 살수 있다. 그의 행복한 삶은 진정 남을 위하는 나눔으로 이어지고 있다. 눈물로 얼룩진 시간을 보냈지만, 지금의 이광기에게는 세상을 밝히는 나눔의 빛이 반짝인다. 조개의 눈물이 진주를 만들 듯, 이광기의 눈물은 그의 마음속에 아름다운 꽃

을 피웠다. 그 꽃의 향기는 널리 퍼져 많은 사람을 치유하고
있다.

인생을 탐구하는 직업

그는 원래의 일인 배우의 역할에도 충실하고 있다. 배우이
자 아트 디렉터로, 이광기는 숨 가쁜 인생 2막을 보내고 있는
중이다. 연기 경력 30여 년의 베테랑 배우에게 연기란 인생을
탐구하는 작업이다. 누군가의 삶을 연기하는 것이 그에게는
아직도 설레는 일이다. 배우는 모든 삶을 살아 봐야한다는 신
념을 마음에 품고, 해 볼 수 있는 일은 전부 경험하려는 열정
또한 겸비하고 있다. 신념과 열정을 바탕으로 맡은 배역에 몰
입하기에 그의 연기는 여전히 사랑받을 수밖에 없다. 명품 연
기를 선보이는 배우, 과거 특유의 유머와 재치로 예능계에 루
키가 되었던 그는 이제 미술로 세상과 소통하고 있다. 미술 작
가들의 작품을 모아 세상에 소개하는 아트 디렉터. 예술을 통
한 나눔을 실천하는 아트 디렉터로서 살아가는 그의 인생 2막
은 계속해서 향기를 더해 갈 것이다.

지나간 슬픔에

새로운 눈물을 낭비하지 말라

에우리피데스 *Euripides*

개그맨에서 영화감독으로

심형래

영구가 사랑한 불굴의 영화 인생
꿈을 향해 달린 파란만장 도전기

국민 캐릭터 인기 스타 영구

2007년에 개봉해 842만 명의 관객을 동원한 영화 〈디 워〉는 지금 전 세계를 강타하고 있는 K-콘텐츠의 원조 격인 작품이다. 콘텐츠 강국으로의 첫걸음이 된 기념비적인 영화 〈디 워〉의 화려한 이력 뒤에는 수많은 이들의 노고가 숨어 있다. 그중에서도 가장 많은 고난과 역경을 지나온 이는 〈디 워〉 프로젝트의 총책임자이자 영화감독, 심형래다. 국민 개그맨으로 선풍적인 인기를 구사하던 중 불현듯 방송계를 떠났던 그는 영화감독이라는 새로운 모습으로 대중 앞에 나타나서 큰 화제가 된 바 있었다. 그리고 K-콘텐츠 전성시대를 맞은 지금, 그는 다시 한번 새로운 삶을 꿈꾸고 있다.

1982년에 개그맨으로 데뷔한 심형래는 타고난 끼와 재능 덕분에 대중 앞에 모습을 드러냄과 동시에 스포트라이트를 받았다. 그는 방송, CF, 영화 등 100여 편이 넘는 다양한 작품에 출연하며 남녀노소 모두에게 사랑받던 자타공인 당대 최고의 인기 스타였다. 다양한 캐릭터가 심형래의 인생을 스쳐 지나 갔지만, 그중에서도 '영구'는 심형래 그 자체라고 말할 수 있을 정도로 오랜 기간 파급력을 가지고 그의 전성기를 이끌었다.

말로 하는 유머가 대세로 자리매김해 있던 시절, 익살스럽고 정겨운 영구의 몸 개그는 센세이션했고, 그야말로 큰 화제를 일으켰다. 그는 당시 가장 비싼 아파트 가격을 한참 웃도는 출연료를 받고 CF를 찍을 정도였다. 4년 연속 연예인 소득 1순위를 차지했던 심형래의 스케줄을 잡으려면 방송사에서 6개월 가량을 기다려야 했다. 심형래는 자신을 유명하게 만들어 준 영구의 분장만큼은 다른 누구의 도움 없이 직접 할 만큼, 영구라는 캐릭터를 아꼈다. 그렇게 영구와 심형래는 떼어 놓고는 생각할 수 없는 운명 공동체가 되어가는 듯 보였다.

성공한 영화감독, 인생의 내리막길

인기의 최고점을 찍던 바로 그 시절, 심형래는 돌연 은퇴를 선언했다. 평범한 사람이었다면 어떻게든 이어 나가고 싶어

했을 스타의 삶을 그는 어떤 미련도 없이 훌훌 털어냈다. 많은 사람이 의아해하며 이유를 궁금해 했다. 얼마 지나지 않아 메가폰을 잡고 대중 앞에 다시 나타난 심형래의 모습은 그 의문에 대한 답변이 되었다. 영화감독이라는 새로운 삶을 시작한 것이다.

대중은 그런 심형래의 변화를 다소 낯설게 받아들였다. 주변인들 역시 그의 새로운 시작을 말렸다. 이제껏 번 돈으로 남은 삶은 편히 즐기면 될 것을, 자처해서 고생하지 말라는 것이었다. 하지만 그것은 심형래가 원하는 삶이 아니었다. 개그맨으로 사랑받던 시기부터 그의 꿈은 영화감독이었다. 그는 날마다 영화감독이 된 자신을 상상했다. 미국의 디즈니 파크와 유니버설 스튜디오를 보며 한국 콘텐츠만의 독보적인 시장 구축을 꿈꾸던 그에게 영화감독 데뷔는 자신의 오랜 목표를 향한 첫 발걸음이었다.

그가 만든 영화의 가치가 인정받아 1999년에 심형래는 신지식인 1호로 선정되었다. 그의 천부적인 감각이 그런 성취를 가능하게 했겠지만 감각만 있다고 모든 게 이뤄지진 않는다. 그의 놀라운 결과물은 그가 계속해서 새로운 꿈을 꾸고 도전을 멈추지 않은 덕분에 탄생할 수 있었다. 재능과 열정을 바탕으로 개그는 물론 영화감독과 콘텐츠 기획자의 역할을 모두 훌륭하게 해 낸 심형래는 가히 만능 엔터테이너 계의 원조라고 할 수 있다.

그리고 마침내 〈디 워〉가 그의 손을 통해 완성되었다. 〈디 워〉는 이전의 한국 영화가 시도하지 못했던 글로벌한 스케일을 다루는 동시에 순수 국내 CG 기술로만 완성되었다는 점에서 굉장히 기념비적인 영화다. 당시 한국 영화에서 CG 작업은 외국 회사에 의뢰하거나 인력을 지원받아야 할 정도로 인프라가 열악했다. 한국만의 독보적인 콘텐츠 시장 형성을 위해서는 오직 한국의 기술력만으로 CG를 생생하게 구현해내야 했다.

그것을 실현하기 위해 심형래는 1993년에 '영구아트'를 설립했다. 최고의 기술을 가진 사람들을 섭외했고 그들이 맘 놓고 작업할 수 있도록 궂은일은 자신이 도맡았다. 그 결과 〈디 워〉는 심형래가 그리던 것 이상의 퀄리티로 완성되었다. 개봉 후 〈디 워〉는 총 842만 명의 관객을 동원했고, 외신들도 이를 주목했다.

그러나 행복도 잠시, 〈디 워〉가 논란의 중심에 서며 심형래의 삶에는 어두운 그늘이 드리웠다. 영구아트가 임금 체납 등 여러 문제로 부도를 맞게 된 것이다. 〈디 워〉를 만드는 7년간, 제작비는 계속 지출되었지만, 고정적인 수입이 없던 것이 부도의 원인이었다. 심형래는 바쁜 스케줄을 소화해서 벌어 온 돈은 물론, 자신의 사비까지 운용해서 직원들 월급을 주었다. 하지만 회사는 별도의 수입이 없다는 이유로 부도 판정을 받았다. 설상가상 그것은 언론에 임금 체납으로 알려지게 됐다.

개인 파산과 이혼 등의 문제까지 겹치며 심형래의 인생은 내리막길로 접어들었다. 하지만 심형래는 아래로 내려가면서도 좌절하지 않았다. 세상에 공짜는 없다는 교훈을 비싼 돈 주고 배웠다고 생각하고 삶을 일으키려는 노력을 이어갔다. 누구보다 처절하게 영화를 만들어 본 경험 덕분에 이제 그는 어떤 영화를 봐도, 그 뒤에 얼마나 많은 사람의 고생이 숨어있을지를 먼저 생각하게 됐다.

"무언가가 완성되려면 수많은 노고가 필요하다는 걸, 영화를 만들며 깨닫게 됐죠."

회사의 부도를 통해 얻은 또 하나의 교훈은 심형래를 진정한 사업가로 만들었다. 도전 뒤에는 언제나 그것을 보조할 방법이 필요하다는 것이다. 그 교훈을 바탕으로 그는 현재 프랜차이즈 대창 집을 운영 중이다. 심형래가 홍보용으로 얼굴만 빌려준 것이 아니라, 직접 가게를 운영하고 손님을 응대하며 애정을 갖고 키운 사업이다. 그의 대창 집은 합리적인 가격과 훌륭한 맛으로 사랑받으며 현재 전국적인 지점을 갖고 있다.

그의 도전을 응원하는 든든한 지원군이기도 하다.

사업을 운영하며 그는 금전적인 이윤 외에도 다른 삶의 원동력을 얻는다. 그를 사랑하고 기억하는 대중들을 사장과 손님 관계로 만나며 새로운 에너지를 받는 것이다. 그는 이제 코미디언은 아니지만 사업가이자 영화감독으로 이렇게 여전히 대중과 호흡하며 살아간다. 만약 위기가 없었다면, 위기 앞에서 심형래가 모든 것을 잃고 좌절했다면, 평생 불가능했을 성취다. 그가 긍정적인 자세로 위기를 받아들이고, 그 안에서 자신이 할 수 있는 일을 찾아 묵묵히 나아갔기에 새로운 삶의 지혜를 얻은 심형래는 재기에 성공할 수 있었다.

돌아온 <디 워>

위기와 도전이 반복되는 롤러코스터 같은 심형래의 삶은 또 한 번의 커다란 변화를 앞두고 있다. 그의 역작 <디 워>가 <디 워2>로 돌아올 작업이 초읽기에 들어섰기 때문이다. <디 워>는 개봉 당시 소니가 2차 판권을 배급했는데, 현재까지도 마케팅 비용을 가장 적게 들이고 가장 크게 성공한 소니 배급 영화 순위에 랭크되어 있다. 외국 시장에서 이 수치를 눈여겨

보기 시작했다. 세계가 한국 콘텐츠의 매력에 빠진 시기적 특성과 〈디 워〉의 가치를 파악한 콘텐츠 회사들의 안목이 합쳐져, 최근 심형래에게 〈디 워2〉 제작 논의가 들어온 것이다.

오랫동안 꿈꿔 온 상황 속에서 심형래는 실패와 성공은 서로 다른 게 아니라는 지론을 더욱 단단히 했다. 두 가지 모두 도전이라는 같은 출발점에서 시작하지만, 도전을 가로막는 장애물 앞에서 멈추는 것은 실패이고, 그것을 넘어 계속 나아가는 것이 성공이라고 그는 믿는다. 힘든 시간이었지만 웃음을 잃지 않고 도전한 끝에 심형래는 실패를 넘어 성공에 더욱 가까워졌다. 그 시간 속에서 심형래는 이 문장을 계속 되새겼다.

'우리의 최대 약점은 포기다. 성공으로 가는 가장 확실한 방법은 언제든지 한번 더 시도해 보는 것이다.'

어렵게 잡은 기회인 만큼 최선을 다하겠다고 결심한 심형래는 영구아트의 전성기를 이끌었던 주역들을 다시 한번 모았다. 컴퓨터 그래픽을 총괄 담당할 엔지니어 박준재와 비주얼을 총체적으로 담당할 프로덕션 디자이너 김창완이다. 20여 년 전, 영구아트 초창기 멤버였던 이들은 현재 한국 콘텐츠 시장 다방면에서 활약하고 있는 기술자가 되었다. 당시엔 미숙했던 자신들의 재능에 날개를 달아 준 심형래의 부탁에 바쁜 시기임에도 흔쾌히 〈디 워2〉 프로젝트에 동참하기로 했다.

끈끈한 신뢰와 각별한 인연을 바탕으로 한 덕분에 〈디 워2〉 작업은 순항 중이다. 기술자들의 특장점을 세심하게 파악하고 있는 심형래는 그들에게 꼭 맞는 작업을 지시했고, 심형래의 특별한 세계관을 잘 이해하고 있는 기술자들은 그의 머릿속을 들여다본 듯 생생한 작업물을 내놓는다. 까다로운 CG 작업에는 긴 시간이 소요됐고, 다양한 해외 로케이션 촬영 등이 필요한, 여러 가지 어려움을 동반할 작업임이 분명했다. 그러나 다시 한번 의기투합한 드림팀에게는 흥미진진한 모험과 다름없다.

영구아트의 부도와 이혼이라는 역경을 딛고 〈디 워2〉를 이끌어 갈 수 있던 비결은 한국 콘텐츠 부흥을 위한 심형래의 도전 의식 덕분이다. 동시에 영화에 모든 것을 바친 인생 속에서도 그의 곁을 지켜 준 인연들에 대한 고마움을 표시하기 위함이다. 영화로 만난 이들과의 작업으로 인생 전부를 바쳤다고 할 만큼, 심형래의 삶은 영화를 빼곤 논할 수 없다.

브레이크 없는 전차

미국에 〈킹콩〉이 있다면 한국에는 〈용가리〉가 있다. 미국에 〈쥐라기 공원〉이 있다면 한국에는 〈티라노의 발톱〉이, 〈슈퍼맨〉이 있다면 한국에는 〈우뢰매〉가 있다. 모두 심형래가 제작한 원조 콘텐츠다. 한국 콘텐츠의 부가가치가 세계적으로 주목받기 시작한 지금, 세계 콘텐츠 시장의 문을 끊임없이 두드리며 그 매력을 알리는 것이야말로 한국 영화인으로서 해야 할 일이라고 심형래는 굳게 믿는다. 〈디 워2〉의 성공뿐 아니라 한국의 모든 콘텐츠가 세계 시장을 주도할 수 있길 바라는 것 또한 그 믿음에서 비롯된 바람이다.

영구 캐릭터로 선풍적인 인기를 끌던 당시, 심형래는 어린이들의 우상으로 꼽힐 정도의 영향력을 가진 사람이었다. 성인들도 그의 익살맞은 개그를 보며 웃음을 지었고 덕분에 삶의 원동력을 얻었다. 그러나 요즘에는 그런 웃음이 사라진 것 같다고 심형래는 생각한다. 코미디가 제 역할을 하지 못하고 있는 지금의 상황이 안타깝기 그지없다.

그렇기에 심형래는 더욱더 콘텐츠에 집중한다. 상상력을 바탕으로 창조한 무한의 세계, 그 안에서 사람들은 하나가 될 거라고 믿는다. 가상의 이야기를 바탕으로 만들어진 유니버설 스튜디오, 디즈니랜드 같은 테마파크도 그 이야기만의 매력으로 이질감 없이 사람들을 몰입하게 만들어 왔기 때문이다. 그 장소들을 롤모델 삼아 한국만의 독자적인 콘텐츠 생태계를 만들기 위해 심형래는 성실하게 발을 옮겼다. 〈디 워2〉를 제작하는 대형 프로젝트 역시 글로벌 OTT 회사와 협업한 덕분에 성사할 수 있었던 결과였다. 심형래에게 이 성과는 시작에 불과하다. 그의 최종 목표는 한국 콘텐츠가 세계 시장에서 입지를 가지고 활약하며 박스 오피스 1위라는 전무후무한 결과를 달성하는 것이다.

비록 심형래는 개그를 떠났지만 여전히 웃음과 감동으로 세상과 소통하는 인생을 살고자 한다. 영화가 가진 끝없는 매력은 한국 초기 영화시장의 열악한 환경에서도 그를 좌절하지 않게 북돋아 주었다. 그 시기에 함께 영화를 만들던 사람들 사이에서 심형래의 별명은 '브레이크 없는 전차'였다. 한번 가진 소신을 끝까지 밀고 나가 마침내 결과를 만들어 내는 모습 덕분이었다. 심형래는 실패가 오면 불안해하는 대신 그것을 스승 삼아 한 걸음 더 나아간다. 예순이 훌쩍 넘은 나이에도 끝없이 도약하려는 그의 모습은 그 도전이 꼭 이루어질 것이라는 믿음을 우리에게 준다.

심형래의 눈에는 그 시절 우리가 사랑했던 국민 바보 영구의 천진난만함이 깃들어 있다. 동시에 한국을 미래의 콘텐츠 강국으로 만들겠다는 불꽃 같은 열정 또한 담겨 있다. 누군가는 절대 이룰 수 없는 꿈이라고 우습게 여긴 것을, '브레이크 없는 전차'는 하나둘 현실로 이뤄내고 있다. 심형래의 인생 1막이 꿈을 키워 나가는 시간이었다면, 지금의 인생 2막은 그동안 생생하게 그려 온 꿈을 하나둘 현실로 이뤄 내는 무대다.

세상의 중요한 업적 중 대부분은

희망이 보이지 않는 상황에서도

끊임없이 도전한 사람들이 이룬 것이다

데일 카네기 *Dale Carnegie*

인생을 두 번 사는 사람들

1판 1쇄 인쇄 2022년 06월 16일
1판 1쇄 발행 2022년 06월 23일

엮 은 이 KP커뮤니케이션 / 부크럼 도서기획제작팀

발 행 인 정영욱
기획편집 정해나 라윤형
디 자 인 정해나 이유진

펴낸곳 (주)부크럼
전 화 070-5138-9971~3 (도서기획제작팀)
홈페이지 www.bookrum.co.kr
이메일 editor@bookrum.co.kr
인스타그램 @bookrum.official
블로그 blog.naver.com/s2mfairy
포스트 post.naver.com/s2mfairy

- 파본은 구입하신 서점에서 교환해드립니다.

- 이 책은 주식회사 부크럼과 저작권자와의 계약에 따라 발행한 것이므로 본사의 서면 허락 없이는 어떠한 형태나 수단으로도 이 책의 내용을 이용하지 못합니다.

- 오탈자 및 잘못 표기된 부분은 위 이메일 주소로 보내주시면 감사하겠습니다.